人生速写

王兴来六十年写画生活录

王兴来 著

中国轻工业出版社

图书在版编目（CIP）数据

人生速写 / 王兴来著. —北京：中国轻工业出版社，2023.10
ISBN 978-7-5184-4408-3

Ⅰ.①人… Ⅱ.①王… Ⅲ.①传记文学—中国—当代 Ⅳ.①I25

中国国家版本馆CIP数据核字（2023）第063300号

责任编辑：毛旭林
文字编辑：梁若水　责任终审：劳国强　整体设计：锋尚设计
策划编辑：毛旭林　责任校对：吴大朋　责任监印：张京华

出版发行：中国轻工业出版社（北京东长安街6号，邮编：100740）
印　　刷：天津图文方嘉印刷有限公司
经　　销：各地新华书店
版　　次：2023年10月第1版第1次印刷
开　　本：889×1194　1/12　印张：10
字　　数：200千字
书　　号：ISBN 978-7-5184-4408-3　定价：68.00元
邮购电话：010-65241695
发行电话：010-85119835　传真：85113293
网　　址：http://www.chlip.com.cn
Email：club@chlip.com.cn
如发现图书残缺请与我社邮购联系调换
200954W3X101HBW

卸甲山（速写） 2013

作者在卸甲山村 2013

1946年，我出生在北京市密云县卸甲山村。

卸甲山村很小，却很有名。几十户人家散落在北部大山余脉一座不高的小山旁，村前有一条小河流过，村子南边还有一口很深的老井，小河的对岸就是一望无际的平原。

小山南端的最高处长有一株古柏，树身斜向东南，十分醒目，成为卸甲山村的标志。相传宋代名将杨六郎曾将自己的盔甲挂在山上的这株柏树上，卸甲山因此得名。

宋将杨六郎奉真宗之命，在卸甲山一带大胜辽兵后，将卸去的盔甲挂在柏树上，在树下歇息。盔甲压弯了这株柏树，斜向东南方。

从此，卸甲山上的松柏，哪怕是刚长出来的小树，也都齐刷刷地斜向东南。

卸甲山村

我和奶奶、父亲、母亲及出生不久的弟弟　**北京** 1958

我和母亲　1954

我和两个弟弟　**北京** 1966

我出生前，父亲就参加了县大队，后来编入了东北野战军（四野）。

家里只靠母亲一人操持。每到冬季，家里会缺少烧饭烧炕的干柴。记得从六七岁开始，一到秋末冬初，我便爬上小山捡拾干柴，用一把小铲儿挖出小干柴根，每次不装满一小粪箕子（荆条编，带提梁，可用小臂挎住）不回家。

我是在卸甲山村小学念的初小。听母亲讲，我学习是用功的，即使生病，也哭喊着要去上学。

儿时的欢乐总是与故乡的山水相连。

一道清河绕过村子向西流去，河南岸不远处是一大片低矮的枣林，林间细软的地里种的是花生，这里是我们初秋的好去处。小伙伴们放学后常结伴钻入其中，一边“品尝”头顶上尚未红透的“西田各庄小枣”，一边刨出脚下成串的“幼年”花生往嘴里塞……

每次不吃得肚皮鼓鼓不罢休。

月色中，蹚着泛光的清河回家，总有些依恋。

我是山里娃

原卸甲山村小学

因父亲当兵不在家，上小学前我会腻在北边大山里的姥姥家。我从心里喜欢他们，老舅更是我的玩伴。老舅很能干，结实的身板，常爬上屋后的大山去砍柴，一去就是几天，每次都会背回二三百斤硬干柴。他常耐心地为我采榛子，摘桑葚，剥栗子……

直到上学了，放寒暑假时我都愿在姥姥家度过。

即便后来进城上学了，这个习惯还一直延续下来……

我愿意看那些雄险青翠的大山，更愿意看那些散落在高高山脊上的长城烽火台；我愿意俯下身去，喝那清清的、甜甜的山泉，更愿意折下田埂上的簇簇紫色野花、烤食成串油香诱人的蚂蚱；我愿意贪婪地采摘暗红色的桑葚、撸着结在地头上红彤彤香甜的小野果“诺（nuo）梨儿”、找寻撒在漫山遍野的小酸枣，更愿意在那秋夜里玩儿起暖暖的、亮亮的“抡火球”。

今天，我仍有机会梦见它。

令我至今想起都流口水的，一是在寒冬里用刺骨的冷水“拔”（浸泡）冻成冰坨一样的柿子。将柿子浸入水中，不多会儿工夫，水面现出一层薄冰，冻成冰坨一样干瘪的柿子顿时鼓了起来，变成一个软软的大柿子。吃一口，冰到牙，吞下去，常会打一个冷战。二是秋日晾晒的白薯（也称红薯）干儿，几经风霜，韧性超强，即使拧成麻花也不会轻易断开，吃起来却十分香甜劲道。

雄姿（速写） 1988

我家的长城（速写） 2007

秋日“抡火球”

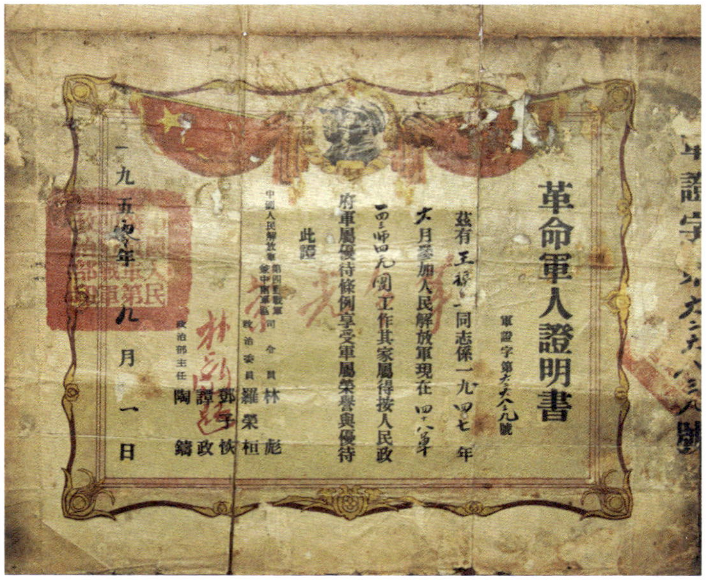

父亲的革命军人证明书　1950

身着军装的父亲（左一）

父亲

我八岁才第一次见到父亲。

1954年，我记得那是冬天，我跟着母亲去东北阜新看父亲。

东北很冷，风很大，扬起的石子砸到后脑壳的疼痛，至今仍记忆犹新。黄昏中的军营，空气中弥漫着红高粱米饭浓浓的香味。

我们住下的那天晚上，只觉得谁从背后摸了一下我的脑袋，待我转过身，仰起头，一个高挑的军人冲我笑，我有些茫然。母亲在一旁说："他是你爸爸，叫爸爸"。到底叫没叫，我忘记了，可我看到了父亲一张微笑的脸。

我知道，他是我父亲。

父亲在解放战争和抗美援朝战争的炮火中出生入死，屡立大功。

父亲是我们心目中的英雄，是我们全家人的骄傲。

1956年，父亲与他的老战友们被集体转业到北京。

父亲的华北解放纪念章
1950

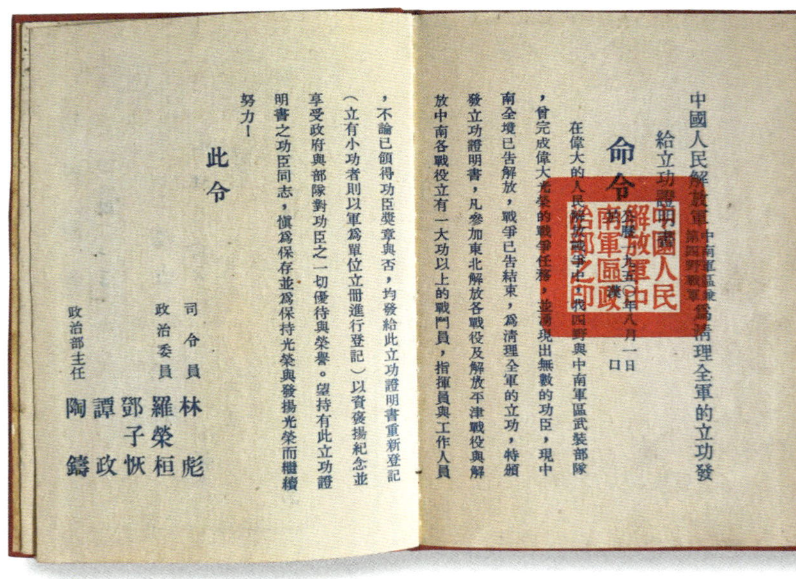

父亲（前排中）与他的战友们　1955

立功证明书

我之所以总是把密云的长城称为“我家的长城”或“姥姥家的长城”，是因为儿时我在姥姥家长大，而长城就从密云白道峪姥姥家山上穿过。

白道峪长城建在深不见底的绝壁上。我有过趴在悬崖上向下看的冒险体验，尤其是在夏日轻雾弥漫的清晨，更显长城的神秘意境及雄浑伟岸。

2013年，我和老伴意气风发地走了一趟故乡“我家的长城”。古北口、金山岭、石城、鹿皮关、五座楼、墙子路、遥桥峪、崔家峪，加上早已去过的司马台，“我家的长城”已深深地镌刻在我们的记忆中了。

这年还去了河北的青山关、榆木岭长城，那里虽不是密云地界，可细想起来，也应属于“我家的长城”，因在1958年以前，密云归河北省管辖。

我到过万里长城西端的嘉峪关，也曾抚摸过饱经沧桑的汉代长城；我到过万里长城东端的山海关，也曾登上过峻峭奇险的明代角山长城；然而在我心里，还是“我家的长城”最为亲近。

沉寂（水墨写生风景画） 2013

遥桥峪古堡写生 2013

家乡情（水墨写生风景画） 2013

卧石而画 2013

涓涓细流入梦来（水墨写生风景画） 2013

卧虎烽烟（水墨写生风景画） 2013

注：隆庆年间，明王朝为了加强京北的防护，调名将谭纶、戚继光镇守，对东起山海关、西至镇边的长城进行了重修。古北口因“两山壁立，一水中流”成为自古至今的关隘。

古北口长城写生 2013

古北口戚继光雕像 2013

卧虎山长城（水墨写生风景画） 2013

鹿皮关长城写生　2013

鹿皮关长城-1（水墨写生风景画）　2013

鹿皮关长城-2（水墨写生风景画）　2013

鹿皮关长城-3（水墨写生风景画）　2013

墙子路长城之屹立（水墨写生风景画） 2013

墙子路长城之写意（水墨写生风景画） 2013

墙子路长城之风骨（水墨写生风景画） 2013

墙子路长城写生 2013

南石城长城（水墨写生风景画） 2013

石城长城写生 2013

北石城长城（水墨写生风景画） 2013

五座楼长城之烽火台　2013

五座楼长城写生　2013

五座楼长城（水墨写生风景画）　2013

密云水库　2013

金山岭长城写生　2013

金山岭长城-1（水墨写生风景画）　2013

金山岭长城-2（水墨写生风景画）　2013

“瀑布”祥云　**青山关长城** 2013

注：2013年盛夏，我在河北青山关长城写生，湛蓝的天空突然生成形似瀑布的白云。“瀑布云”悬在头顶，十分壮观。老伴用相机记录了这一瞬间。

青山关长城（水墨写生风景画） 2013

青山关长城水关（水墨写生风景画） 2013

榆木岭长城局部（水墨写生风景画） 2013

刚进北京城的我，正值“大跃进”年代。小学校园里“大炼钢铁”、假日返回农村吃“大锅饭”的情景，直到今天还没忘记。

1959年刚上初中，我就迷上了画画。说来奇怪，记不清我是怎么就迷上它的，而且还肯为它费时费力，要知道，那可正是我国“三年困难时期”呀！那极其艰难的日子，我是在恩师（美术老师）李宁如母亲般的陪伴中度过的。李宁老师发现了我，培养了我，使我这个进城还不到两年的“农村娃”拿起了画笔。

我的初中生活可谓“丰富多彩”，至今这些回忆仍是我陶醉的“资本”。我是班里的学习委员，又连年评上“三好生”，入了团，还当上了团支部宣传委员，又因刻苦，使我很快就成了学校美术组的骨干，用多年后同学的话形容，那时我在学校已“小有名气”。

三年中，记不起有多少次，下学后去美术教研室画石膏时，桌上总有李宁老师从学校食堂为我打来的晚饭，一碗菜上横着一双筷子，筷子上面是一个黄灿灿诱人的大窝头。

多年来，我心里总是珍藏着对李宁老师的爱戴与感激。

李宁老师的提示：“老人的肖像画得很好”

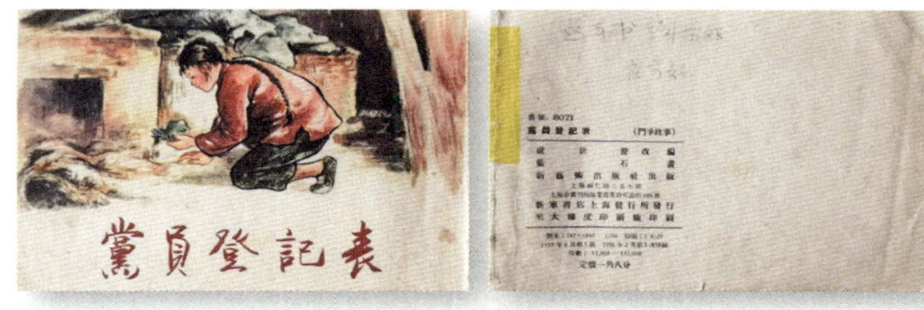

李宁老师的提示：“这本书室外景好，夜景好”

李宁老师的提示：“这本书说明退休人的心情”

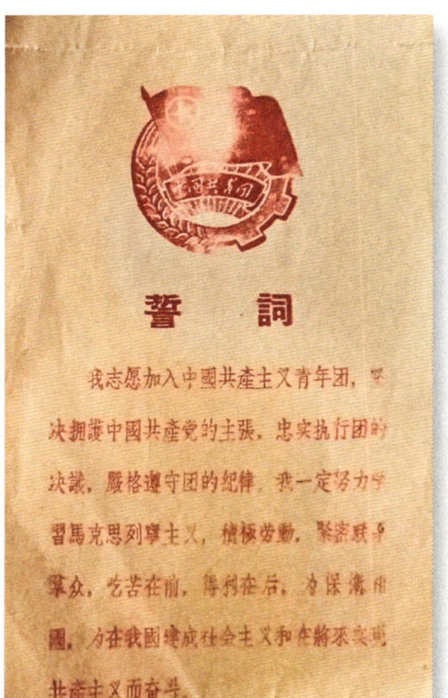
誓詞

我志愿加入中国共産主义青年团，坚决拥護中国共産党的主張，忠实执行团的决議，嚴格遵守团的纪律，我一定努力学習馬克思列寧主义，積極劳動，緊密联系羣众，吃苦在前，享受在后，为保衛和建設我國，为在我國建成社会主义和在將來實現共産主义而奋斗。

北京五十中八分支合影（前排右二为作者） 1962

1962年，我考入了中央美术学院附中。

几年的附中学习，开启了我人生崭新的艺术生活之路。

感谢老师们的辛勤培育。

感谢同学们的一路陪伴。

中央美术学院附中入学合影（前排右一为作者） 1962

色彩写生作业的“小色彩稿” 1963

入学的第一幅速写：电线的“医师” 1962

午（速写） 1964

我的学生证和校徽 1962

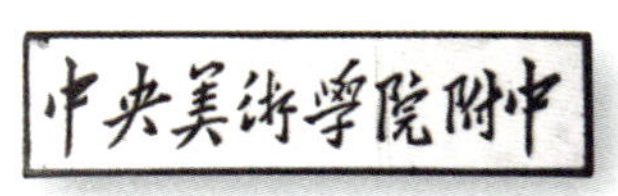

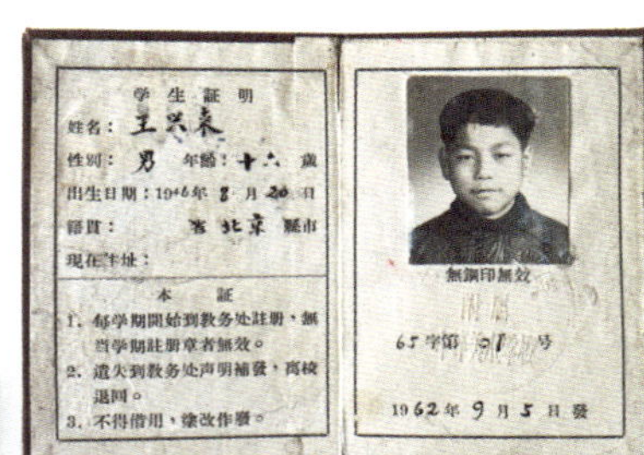

老农（速写） **北京延庆大庄科**
1966

赴延庆“四清”途经八达岭全班同学与老师的合影 1965

结束“四清”前全班同学与老师的合影（前排站立者右六为作者）
北京延庆大庄科 1966

作者（站立者左五）在“四清”工作队 **北京延庆大庄科** 1966

1965年下半年，我们1962届高四毕业班，被派往北京远郊的延庆县，成为“社会主义教育运动”的“四清”工作队。我与几个同学先到了县文化馆参加“运动”，其他同学连同老师则下到离县城很远的山里——大庄科公社。几个月后，我们也去了那里与他们会合。

“四清”工作队里有解放军干部、北京大学及清华大学的师生，美院附中的师生也编入其中。

我们非常认真地执行“同吃、同住、同劳动”纪律，活跃在劳苦的农民兄弟中间，睡大炕，吃“派饭”，大会小会轮番上阵。

说起来苦中也有乐。寒冷的冬天，大家都捂得严实，没有条件洗澡，也没有更多换洗衣服，很快身上染上了虱子，奇痒无比。于是，每逢入夜，火炕上的几个人都不约而同赤条条地裹着棉被，围坐在一盏带玻璃罩的煤油灯旁，各自在自己的衬衣上找寻着虱子，随手丢进煤油灯罩中。只见你一只我一只，随着煤油灯罩中不断发出的“噗噗”声，煤油灯罩里逐渐堆起了黑黑的“焚虱”小山。待结束“四清”工作回到北京时的头一件事，就是在进家之后将全身的衣服“扒”光，扔进大洗衣盆里，撒上尽可能多的杀虫神药“六六粉”，再灌满滚开的热水“扑杀”虱子，这是后话。

最让我后怕的是，“四清”工作队派我一个人去河北省张北县完成外调任务。在“阶级斗争”如此激烈的社会环境里，实在是件苦差事。我翻过了几道梁，走出了大山，直奔延庆县城，坐上了开往张北的大卡车。辛苦自不必说，为了安全，我竟然还真找了一把匕首，揣在棉衣袖口处防身。

几天后，我在大雪中往村里赶。雪夜中，我一个人走在大山里，深一脚浅一脚，摔倒了再爬起，极度恐惧的心一直提到嗓子眼儿上。天寒地冻，我却大汗淋漓，衬衣都湿透。现在想起来，仍不寒而栗。

以后的岁月里虽有几次外调任务找上我，唯有这次“外调首秀”使我终生难忘。

作者在井冈山　1966

1966年5月底，我们结束了在延庆一年的“四清”工作队生活回到北京，立即投入到紧张的高考准备之中。荒废了一年的学业，一时不知如何开始。况且一年的农村生活，个个面黄肌瘦、疲惫不堪，根本就不在状态。尤其在“四清”工作后期正赶上春荒，青黄不接，农民缺粮少米，也无力再接收“派饭”。工作队只得自己开伙，不能吃好，只能勉强吃饱。

高考的业务考试如期而至，同学们振奋起精神应试。正当大家埋下头来准备复习文化课时，“文化大革命”如风暴般袭来。

我们因这突如其来的打击感到茫然，刚刚燃起憧憬未来的亢奋戛然而止。接下来就是铺天盖地的“大字报”，无休止恐怖的口号声。一时间校园到处都是“大字报”，上课的教室也被辟为“大字报室”。美院附中的师生似乎被一种无名的力量驱使，彼此变得陌生起来，无尽的沉默夹杂着阵阵的恐怖。

我近乎呆滞，不知所措，被关在教室里参加学习班后，安排我搞《大字报选编》，即负责全校“大字报”的搜集、整理、编辑，另有同学刻钢板，油印成册。

1966年下半年，“大串联”兴起，我先到武汉，去了黄鹤楼；又到南京，去了雨花台；再从南京坐船沿长江逆流而上到重庆，去了渣滓洞；然后到江西，去了上饶集中营；最后我到了南昌，并于11月14日开始了向井冈山挺进的“长征”。中间只在吉安休整了一天。从吉安再出发时，每个人背上又多了个大大的斗笠。

我们斗志昂扬地走在路上，不时有“友军”擦肩而过，羡慕地看着我们打着的红旗上“红军第二代长征队”几个金黄大字，我们很自豪，我们本来就是“红军第二代”嘛。十天后（11月24日），“红军第二代长征队”到了井冈山（茨坪），九天走了350公里的路程。

在井冈山，我们吃了红米饭，喝了南瓜汤；我们打地铺，睡稻草；我们肃穆地站在“井冈山革命先烈纪念塔”前，向牺牲的红军前辈宣誓；我们登上了黄洋界，大声吟诵毛主席诗词《井冈山》；我们走在丛林间，重温朱德总司令的《一条扁担》……

“长征”小速写　1966

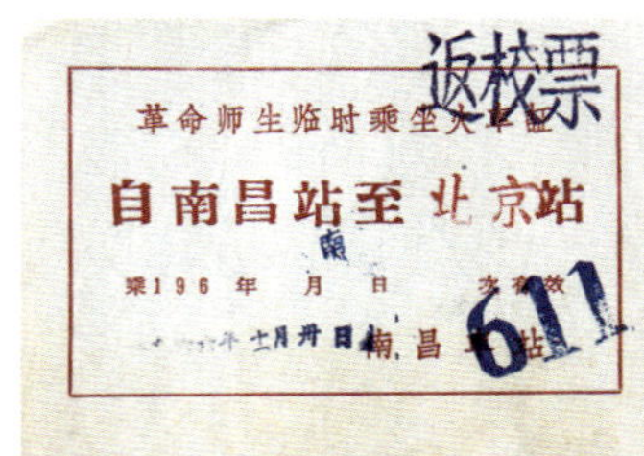

返校票　1966

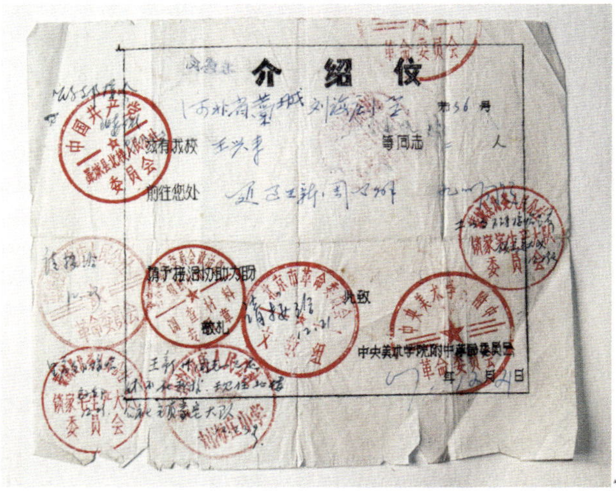
介绍信

外调介绍信　1967

作者在上海外滩　1967

注：在“文化大革命”中，我又一次被派出外调，我与一年级学弟从北京一路南下，经河北藁城转至上海，再到江苏淮阴，准备第二天开展外调工作。当晚半夜时分，外面不远处突然枪声大作，当地“武斗”发生。第二天，我们便仓皇“逃回”了北京。

1967年，附中同学拉我去“红代会”东城第一分团出刊物，仍是刻钢板出油印小报，我同意了，反正我早已厌倦了附中校园内无休止的“争斗”。

人们说起红卫兵，大都与“打砸抢”联系起来。诚然，“文化大革命”初期，确有一部分红卫兵小将，自以为“造反有理”，一路冲杀，但这不代表整个青少年群体。你看，在一个个红卫兵稚嫩的脸上，对待“革命”的态度是那样的认真、那样的虔诚，干起事来引经据典、有板有眼，表现出很强的组织能力。而对有的红卫兵那种“打打杀杀”的事情，同样是持反对态度的。

“红代会”东城第一分团工作人员合影留念（第二排左一为作者）　1967

重要的是，我在这里却意外遇到了喜欢的人，而这一切都是因画画引出的。故事没有任何铺陈与浪漫，只发生在一个校园教室安静的夜晚。

“红代会”东城第一分团要在第二天召开一个大会，为烘托气氛需要画一幅大宣传画，看来今晚我要熬夜了。

晚饭以后，教室里的同学陆续离开，L同学走在最后，准备回学校宿舍睡觉。就在她关门离开的那一刻，无奈地回头看看我，突然像做出人生重大决定一样，关上门，转过身：我陪你画吧。

在我心里，这一瞬间成了永恒的定格。

我掩饰住内心的感激，继续作画。而她则在教室的另一侧用画笔在废纸上涂涂抹抹。

入夜，大大的教室里灯火通明。

1968年2月我当兵前曾到她家告别，直到1971年退伍返京，我们才郑重地谈起了恋爱。如今，结婚已近五十年，说起那晚，她仍漫不经心地说：怕你一个人闷呗。

L同学与作者　1967

恋爱季节-1（自拍）1971

恋爱季节-3　1972

恋爱季节-2　1972

天安门前合影　1985

美院附中“革委会”“军宣队”赠予作者的笔记本　1968

我的第一张军人照　**张掖**　1968

1967年秋，我从学校宿舍搬回家住。因经常会犯支气管炎，准备利用秋冬时间坚持长跑，改善一下自己的体质。因离龙潭湖较近，便将每天早晨绕龙潭湖跑一圈定为目标。虽然那时的龙潭湖还不是很大，但跑下来总要有个四五千米。晨跑在一天天坚持，毅力在一天天增强，身体也在一天天变得强壮。

1968年2月初，学校通知我去参加征兵体检。两个部队单位要在美院附中各征召一名同学入伍。几天后，校“革委会”“军宣队”批准我参军。新军装很快发下来了，我突然意识到：鬼使神差般跑了一个冬天，原来就是为了今天哪。

父亲、老师、同学及朋友们冒着冬日的寒风送作者参军　**北京东城区武装部**　1968

1968年2月18日，我参军了，这个部队就是中国人民解放军东风基地，今天的中国酒泉卫星发射中心。从我踏进东风基地那一刻起，我的一生就与东风基地紧紧地联系在一起了。在东风基地时，我们见证了“东方红卫星”从这里升起；离开东风基地，我们又一次次满怀激情注视着东风基地的发展及祖国航天事业的成就，或许这就是所有中国航天人共同的情怀。

征兵首长曾告诉我，在美院附中征兵就是要放在宣传部门，放在电影组，“写写画画”能派上用场。果然从新兵连“出板报”开始，三年里就没离开过“写写画画”。当兵三年，放了三年电影，画了三年领袖像，搞了三年展览会。

“红代会”东城第一分团“战友”合影（右一为作者）　1968

我是放映员　1969

我在脚手架上画领袖像　1970

我是“电影兵”

王兴来

1968年初，“文化大革命”还在继续，美帝“亡我之心不死”，“苏修”伺机对我国实施“外科手术”般打击。在这种“内乱外患”的形势下，开始了一度中断的征兵。

1968年2月，中国人民解放军东风基地一下子征召了近千名北京新兵，我有幸成为其中的一名。

电影组是通信团宣传股领导下的基层单位。张掖新兵连结束后，我与胡冀援便入列电影组，成为新一代电影兵。当时组里只有两个老兵，都是河南人，其中老陈代理组长。“老带新”，第一步先要尽快掌握电影放映技术，早日上岗。放电影是“熟练工种”，几个月下来就能上岗了，大大缓解了组里的压力。

这年8月，基地决定将在兰州举办的友邻部队《门合英雄事迹展》复制回基地展出，我被抽调参加复制任务。在兰州，首先分配我复制的是“门合舍身扑炸点”大幅主题油画。这是我学画以来头一次画油画，在学校里只看过一些油画画册。我克服了畏难情绪，大胆设色，精心绘制，终于完成复制任务。经过大家的努力，《门合英雄事迹展》在基地礼堂顺利展出。

那个年代，尤其在部队基本上没什么娱乐活动，看几场电影就成了“奢侈”的享受了。“文化大革命”中，电影放映许可是经过相关部门严格把关的，到最后也就只剩下“老三战”（《地道战》《地雷战》和《南征北战》）和极少的译制片准许放映。放久了，看多了，以至于我们都能大段大段背出“老三战”影片的经典台词。每次放映还会有由中央新闻纪录电影制片厂出品的最新“时政”新闻纪录片作为“引子”开场，偶尔也会先放映我们自己“出品”的幻灯片“热热场”。当然，真正热场的主角是荧幕前黑压压战士的“拉歌”，此起彼伏，热烈非凡。“拉歌”已是深深扎根于我军基层连队堪称经典的文化传统。

1969年，放映电影纪录片《珍宝岛自卫反击战》，在全团上下引起了巨大反响。影片大大地激发了官兵的战斗意志，鼓舞了官兵战胜敌人的豪迈士气。放映现场多次响起自发的“打倒苏修”“保卫祖国”“向珍宝岛英雄学习”“向珍宝岛英雄致敬”的口号声，群情激昂，热血沸腾，排山倒海。

据我的《当兵日记》记录，我曾提着很重的老式录音机，坐着吉普车到全团点号播放“珍宝岛孙玉国报告”录音，以便在最快时间里，传达到每一位指战员。“一号命令”发出后，基地更是积极战备。我也曾随部队钻进北山“待命”，度过五天“坑道”生活。我的《当兵日记》记录：“五天的坑道生活，学到了不少马列主义、毛泽东思想，它是这所毛泽东思想大学校的一个组成部分。战争生活需要转弯，变城市生活为战争中的坑道生活，这是个转折。实践证明，战争是最好的课堂，是锻炼革命战士的大风大浪，是洗刷我们身上脏东西的浴池，是培养革命事业接班人的训练班。”

通信团基层点号多且远，往返路途不便。茫茫戈壁，有路，是水泥板路；无路，是“搓衣板”路。满载着放映器材的卡车一路颠簸，不但严重地毁损机器零件，加大机器维修频率，而且还会造成无机器放映电影的后果。所以，每次去点号放电影，特别是路途较远的点号，无论驾驶舱是否有座位，卡车上面必须有人值守，以便看住颠簸的机箱，倒了，要立即搬起扶正。风沙再大，天气再冷，都要如此。每次归来，大都在下半夜了。

很快，我的胃出毛病了，一来是饭堂的小米饭蒸过头、板结成不好消化的小米黏饼，二来饮食起居不规律，我住进了医院。出院后，一遇胃痛，便到团卫生队针灸治疗。我无保留地信赖他们，即使看着长长的“芒针”刺进中脘穴也不害怕。

在基地军用列车上　1969

注：东风基地有一条军用铁路，我们到基地外所属基层部队放电影，会经常坐火车到张掖，再转汽车到达酒泉、金塔等地。有时也会给友邻兄弟部队放几场电影。

调试　1969

到点号放电影　1970

我和胡冀援　1969

注：1968年4月，胡冀援和我一起入列通信团电影组，1969年他任代组长，他也是我的入党介绍人之一。

复制《毛主席去安源》　1969

祁连山下　**张掖**　1969

放电影是个力气活，不仅卡车搬运机箱上上下下需要力气，还要挂荧幕，拉电源线、扬声器线。露天放映，夏天蚊虫叮咬，冬日寒冷风沙，还要保护机器和电影胶片不被损坏。遇到几场同时放同一部电影时，那更是“噩梦”。一是担心出现机器事故——断片，二是怕这一本放完，下一本未到——冷场，送来一本片，当时还要用倒片机倒回。我遇到过几次，如放映新拍出的样板戏电影《智取威虎山》。每次散场后电影兵们都大汗淋漓，体能也得要几天才可恢复。更甭提遇停电、没声音或出事故冷场，那个急，急得冒汗，窘相很难看。因为机器老旧，漏电是家常便饭，至今我仍记忆犹新，那种微电流从左臂直刺右脚跟儿的滋味，想起就会打冷战。

当然也有趣事，去点号放电影归来时，如有幸遇见一只野兔在汽车大灯前，追着灯光在空寂的大戈壁一路奔跑，亦是一种缘分。如遇有画幻灯任务时，我会格外珍惜，它会使我有一种重回学校学画的错觉与享受。

电影兵不得不散漫，因你已进入梦乡，他们却还在回家的路上艰难奔波。电影兵没有起床号，没有出早操，因你已迎着朝霞出操跑步的时候，他们也许刚刚褪下脏兮兮的毡靴，不顾一切地钻进冰冷的被窝。

幻灯片　1968

幻灯机（速写）　1968

“基地技术革新展览”通信团组合影（第二排左一为作者）　1970

“基地技术革新展览”工作证　1970

老兵　1971

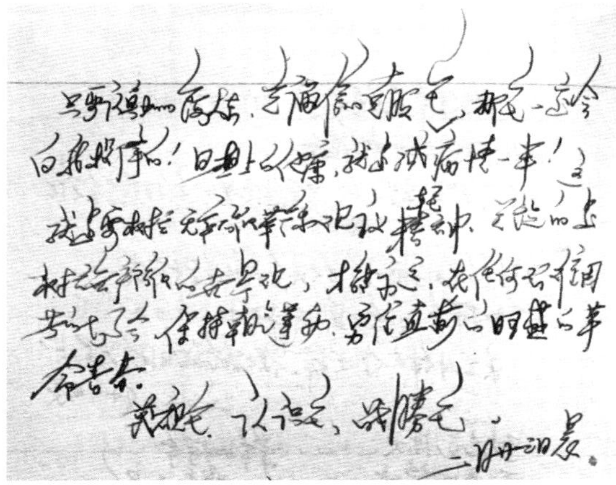

只要认真加以锻炼，充满信心克服它，那它一定会向我投降的！思想上的健康，就是减轻病情一半！这就是要树立无产阶级革命乐观主义精神，关键的是树立无产阶级的世界观，才能永远在任何艰难困苦的场合，保持朝气蓬勃、勇往直前的旺盛的革命青春。

蔑视它，认识它，战胜它。

当兵日记　1970

只要认真加以锻炼，充满信心克服它，那它一定会向我投降的。思想上的健康，就是减轻病情一半！这就是要树立无产阶级革命乐观主义精神，关键的是树立无产阶级的世界观，才能永远在任何艰难困苦的场合，保持朝气蓬勃、勇往直前的旺盛的革命青春。

蔑视它，认识它，战胜它。

注：作者在患病中写的日记

另外，据我的《当兵日记》记录，1969至1970的两年间，我共画了八幅领袖像，大都用油画复制绘画和摄影作品，其中，那幅《领袖在讲话》完成得异常辛苦，参照的只是一幅《解放军报》刊登的照片。无论是起稿还是上色，都要从脚手架爬上爬下，在离画很远的地方看“大效果”。每日收工，总累得酸软。

团里要召开大会时，比如“学毛著积极分子大会”等，也是我们最要劲的日子。会场内外布置，挂领袖像、写会标、抄语录、刷标语、插红旗、画宣传画、换宣传栏，不亦乐乎。

两年里，我们送走了老兵，迎来了新兵。1970年下半年参加“基地科技展”布展时，我突然意识到，自己当兵的日子快要结束了。

1971年2月底，刚刚开完欢送我退伍会的领导及战友在电影组门前合影留念。几天之后，我也亲自为电影组拍下了退伍前的最后一张合影。

注：《我是“电影兵”》选自作者于2022年5月为老部队撰写的回忆录。

“复员欢送会”后的合影（唯一戴棉帽者为作者）　1971

我们电影组　1971

注：1971年2月，我即将离开部队。这是我退伍前在弱水河边为电影组新老战友拍的合影。

新兵　1968

当兵日记

在东风基地的这三年中，最值得记住的就是我国第一颗人造卫星在这里成功发射。虽然当时还不能有更深刻的认识，也没有直接参与发射，但我心中却有满满的自豪感。我的《当兵日记》中有几则关于“东方红”卫星发射的日记，足以表露出那种难以掩饰的“激情”。

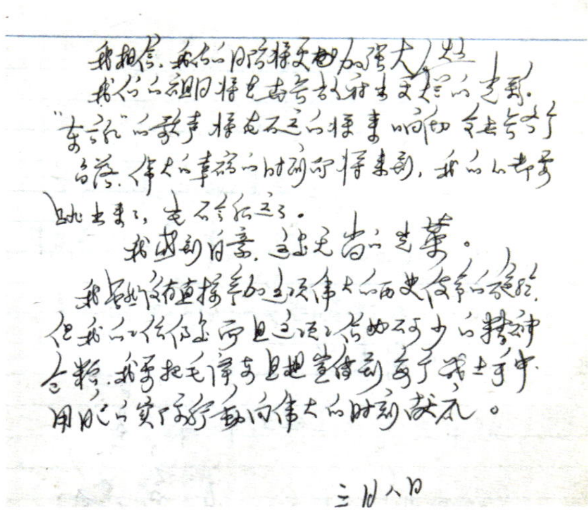

当兵日记　1970

1970年3月8日

我相信，我们的国防将更加强大。

我们的祖国将在世界放射出更灿烂的光彩。“东方红”的歌声将在不远的将来响彻全世界各个角落，伟大的幸福的时刻即将来到。我的心都要跳出来了，它不会很远了。

我感到自豪，这是无上的光荣。

我虽然没有直接参加这项伟大的历史使命的实验，但我的工作仍是这项工作必不可少的精神食粮，我要把毛泽东思想宣传到每个战士手中，用自己的实际行动向伟大的时刻献礼。

时代印记　1969

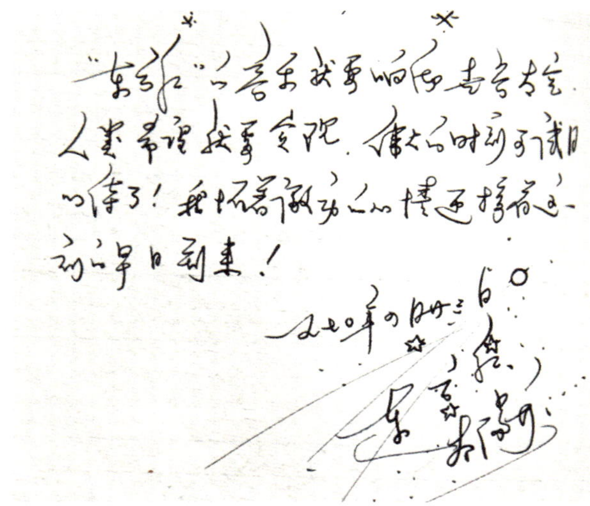

当兵日记　1970

1970年4月23日

“东方红”的音乐就要响彻世界太空，人类希望就要实现，伟大的时刻可拭目以待了，我怀着激动的心情迎接着这一刻的早日到来！

东风吹过弱水河　1970

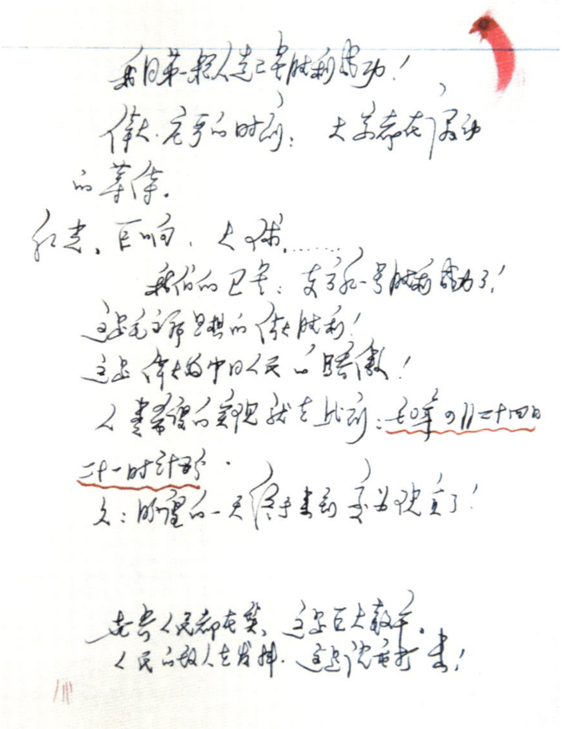

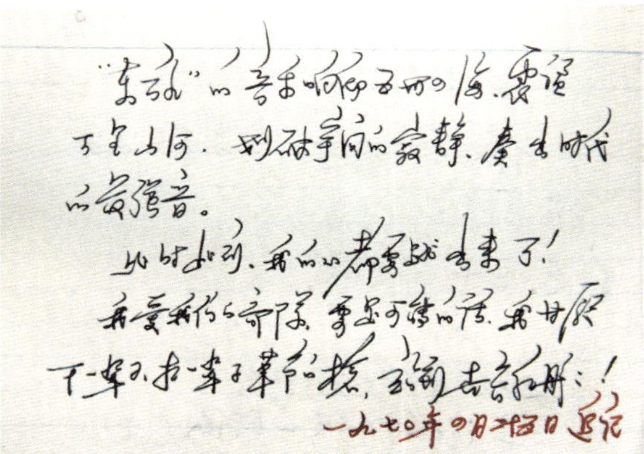

当兵日记　1970

东风基地大礼堂前　1970

1970年4月24日

我国第一颗人造卫星胜利成功！

伟大、庄严的时刻，大家都在激动地等待。

红光、巨响、火球……

我们的卫星，东方红一号胜利成功了！

这是毛泽东思想的伟大胜利！

这是伟大的中国人民的骄傲！

人类希望的实现就在此刻：七〇年四月二十四日二十一时三十五分。

久久盼望的一天终于来到变为现实了！

世界人民都在笑，这是巨大鼓舞。

人民的敌人在发抖，这是沉重打击！

“东方红”的音乐响彻五湖四海，震荡万里山河，划破宇宙的寂静，奏出时代的最强音。

此时此刻，我的心都要跳出来了！

我爱我们的部队，要是可能的话，我甘愿干一辈子，扛一辈子革命的枪，站到世界红彤彤！

时刻准备着　1969

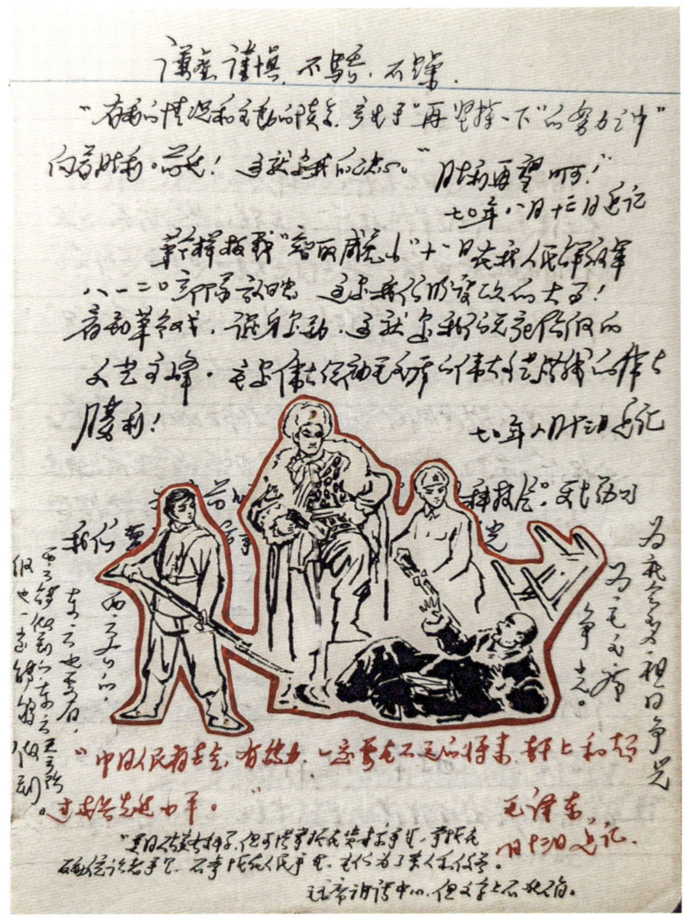

当兵日记　1970

我有一支钢枪　1969

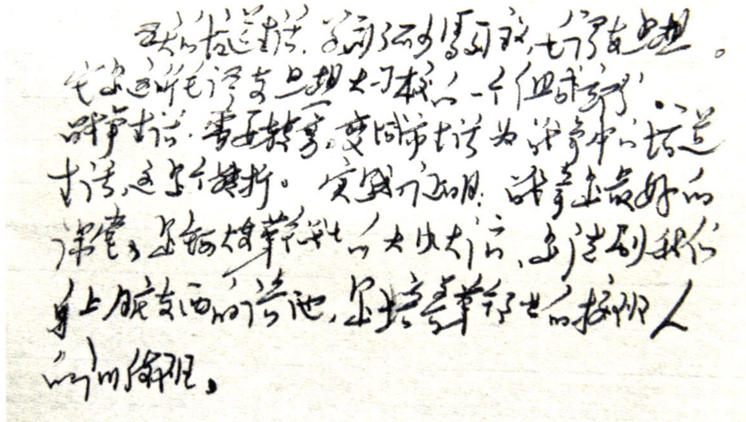

当兵日记　1969

1969年12月25日

五天的坑道生活，学到了不少马列主义、毛泽东思想，它是这所毛泽东思想大学校的一个组成部分。战争生活需要转弯，变城市生活为战争中的坑道生活，这是个转折。实践证明，战争是最好的课堂，是锻炼革命战士的大风大浪，是洗刷我们身上脏东西的浴池，是培养革命事业接班人的训练班。

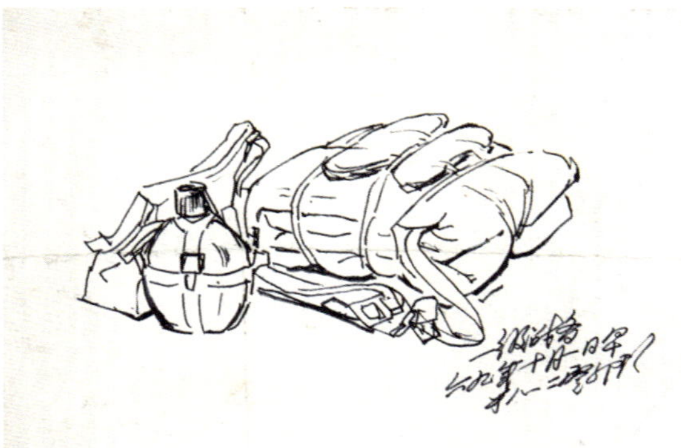

一级战备（速写）　1969

“战地”速写　1969

弱水河边　1970

为方便基层官兵照相，电影组配了台上海海鸥120相机，机房里还有个暗房用于冲洗照片。节假日，我常挎着相机为战友拍照。

近水楼台先得月，自然我们自己的照片就多了些，我也逐渐喜欢上拍照。加上又是学画的，在人物、景物及构图安排等方面就更加熟练了。

回地方后，自己没相机时就向别人借用，以后自己也有了相机。胶卷从黑白慢慢地换成彩色，相机也在不断升级换代。当然，现在若不是搞专业摄影，人们基本就不再用相机照相了。

拍照已成为我们生活的一部分，它不仅可以留住瞬间、记录足迹、珍藏历史，还能快捷地搜集素材，更重要的是还会带来身心愉悦。若再将图片与视频素材制作成视频相册保存，也是一桩乐事。

恋爱季节-4　1971

恋爱季节-5（自拍）　1971

海边　1986

雪　2011

“弹奏”（手机自拍）　哈尔滨大剧院 2019

荫　2018

温馨　2006

踏青　2003

春　2002

望　2003

母女　2012

秋　2011

南京店拍　2018

竹林幽幽　2018

静　2002

北京故宫西北角楼　2004

青山关长城之“白色火焰”　2013

大秋过后　2007

寂静　2018

问天阁之恋　2018

傣家女　1988

静谧　2010

天边那片胡杨林　2010

作者　1977

“文化大革命”仍在继续。

退伍回到北京，我要去哪里？

美院附中早已拆分，我们高四毕业班同学仍在河北蔚县农场“锻炼改造”。何时分配，不得而知。

东城区武装部原决定留我在武装部工作，却被北京第一机床厂选中，称急需一名放映员。有人收留，又是鼎鼎有名的大厂，我只有先安顿下来再说。谁想这一待就是七年。换句话说，我整整当了七年工人。

我的第一个落脚点是宣传科广播站，我的工种是“无线电工”，负责广播站的维修兼放映电影。还真不含糊，马上派我去东方红汽车厂广播站向技师求教，我哪是这块料哇，生生靠死记硬背完成了培训。

北京第一机床厂有个很大的俱乐部，这里既可以开大会、放电影，也能演话剧、演节目，宽阔的空间还能开展室内体育活动，1972年“全国五项球类运动会”还在这里开设乒乓球赛区，当时著名的乒乓球运动员大都在这里比赛过。

放电影（速写）　1974

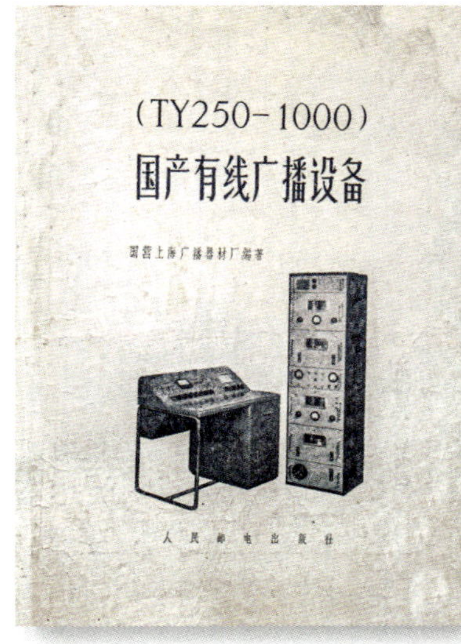

培训资料　1971

广播员（速写）　1972

广播器材（速写）　1973

乒乓球比赛（速写）　1972

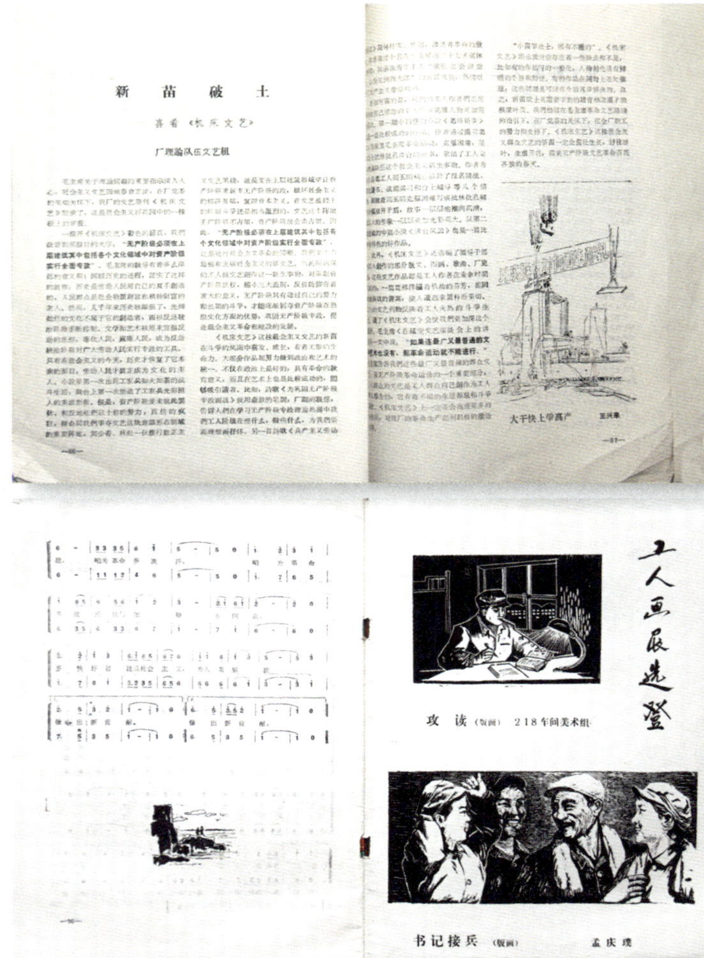

我的第二个落脚点是工会，离开广播站在俱乐部上班。在这里，我除了放电影，还负责工人业余美术组、业余政治夜校，偶尔也客串一两次“政治教员”。而我更看重厂里办的《机床文艺》，虽然只存在了一年，共出版了四期，却在我心目中占有重要的位置，受益终身。可以说，《机床文艺》虽有局限，却是一本真正意义上的工人自己的刊物。我怀念北京第一机床厂那间不大却很完备的铅字印刷厂，怀念这里专业的拣字、排版、印刷的老师傅，以及那里传出的看似单调的“叮叮哐哐”的印刷机声。现在，每每翻阅手中的《机床文艺》，一个个鲜活的工人师傅迎面向我走来，恍惚中，那间铅字印刷厂依然幽幽传来沁鼻的油墨香。

《机床文艺》 1975

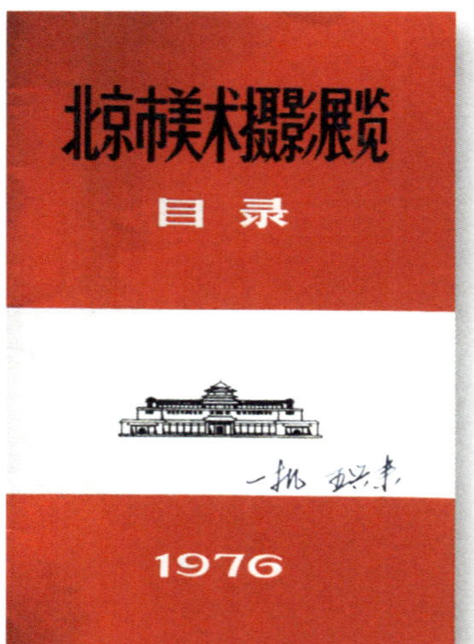

《北京市美术摄影展览目录》 1976

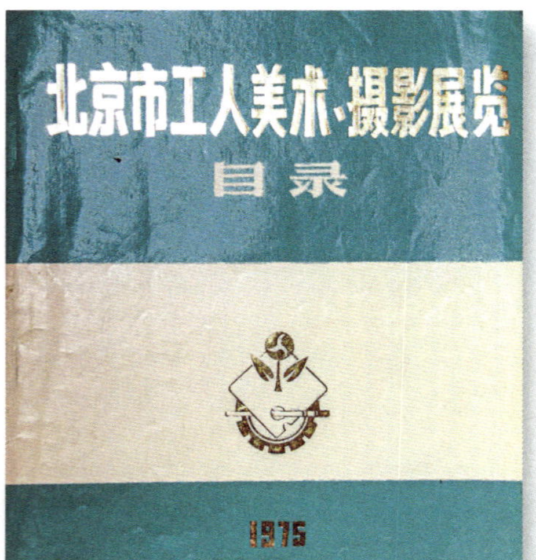

《北京市工人美术摄影展览目录》 1975

《机床文艺》插图 1975

1971

注：在厂期间，我曾被借调到北京市机械局工会工作半年时间，也曾参与过“北京市工业展览会”设计。1971年，我还参与了当年北京市国庆游行“工业彩车”设计，因工作地点在王府井南口铁路局，离原北京市委很近，用餐、吃夜宵都在市委机关食堂。这是当年使用过的“工作证”等。

作为工人，我也开始了一些美术创作，虽有时代局限，但毕竟“初心不改”。多幅速写作品也曾发表在报刊上，还参加了几次市“美展”。在工作之余，我走遍了厂里的角角落落，画了大量反映基层工人辛苦劳作的速写作品。我很珍视这些速写，在我心里，它们是记录那个时代产业工人的“历史画卷”，不可复制，不可再生。

我的第三个落脚点是加工车间，工种是“维修钳工”。工会主席郑重地说：下去锻炼一下吧。当换上厂里发下来的崭新工装时，我知道：是到了该离开的时候了。

工厂速写 《北京日报》1974

热烈庆祝四届人大的胜利召开（速写）
《北京文艺》1975

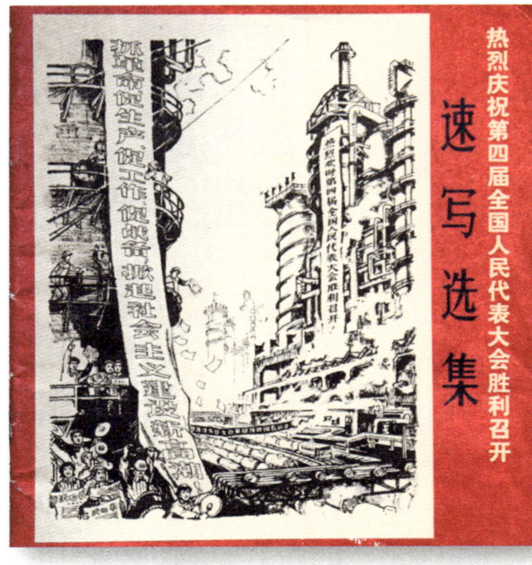

《热烈庆祝第四届全国人民代表大会胜利召开速写选集》
人民美术出版社 1975
注：我的一幅速写作品入选

工厂速写 《北京日报》1974

北京第一机床厂

铸工车间–1

铸工车间–2

铸工车间–3

铸工车间–4

装配车间–1

铸工车间-5

铸工车间-6

锻铆车间-1

铸工车间-7

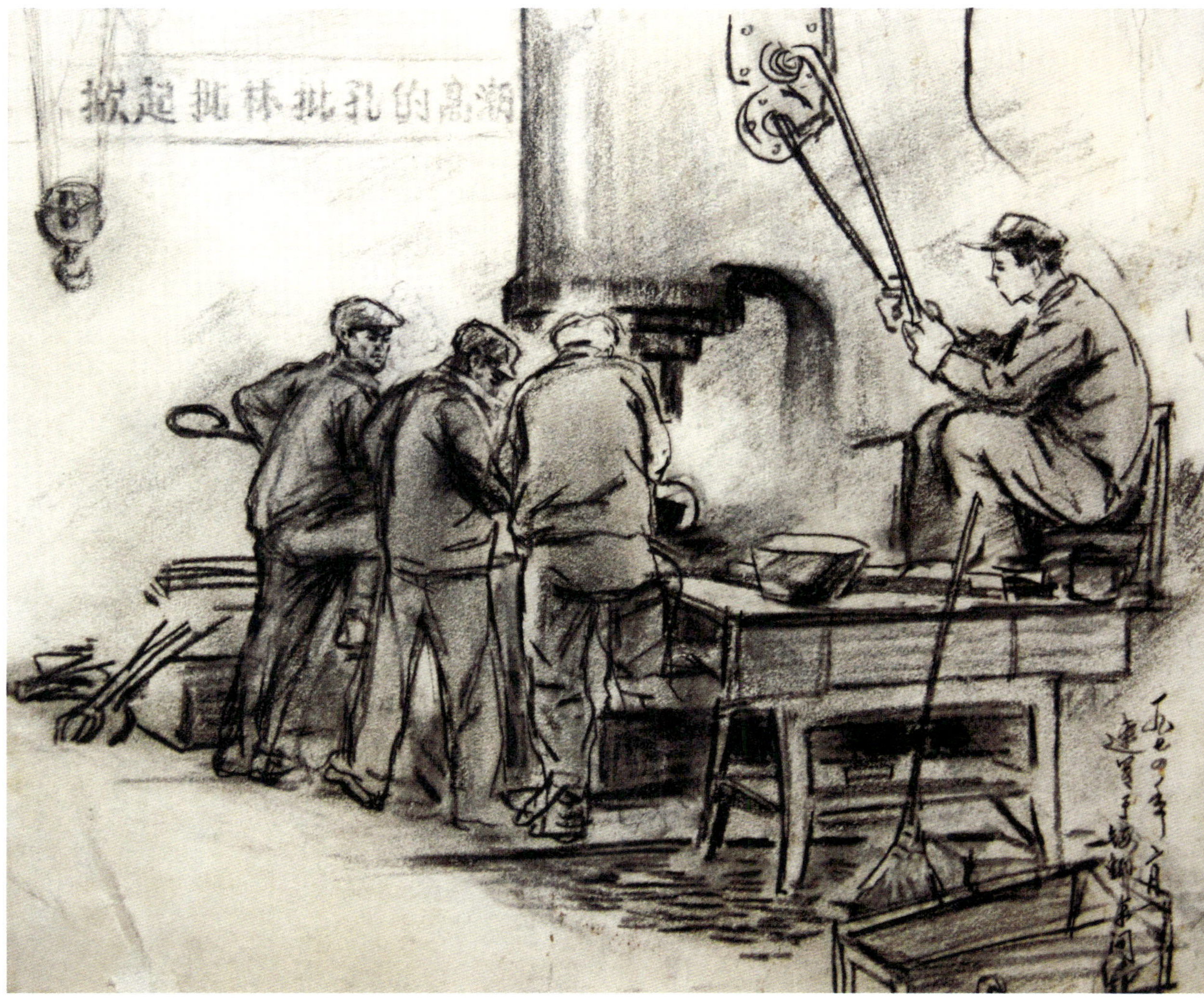

锻铆车间-2

装配车间–2

师徒之间

重型加工车间–1

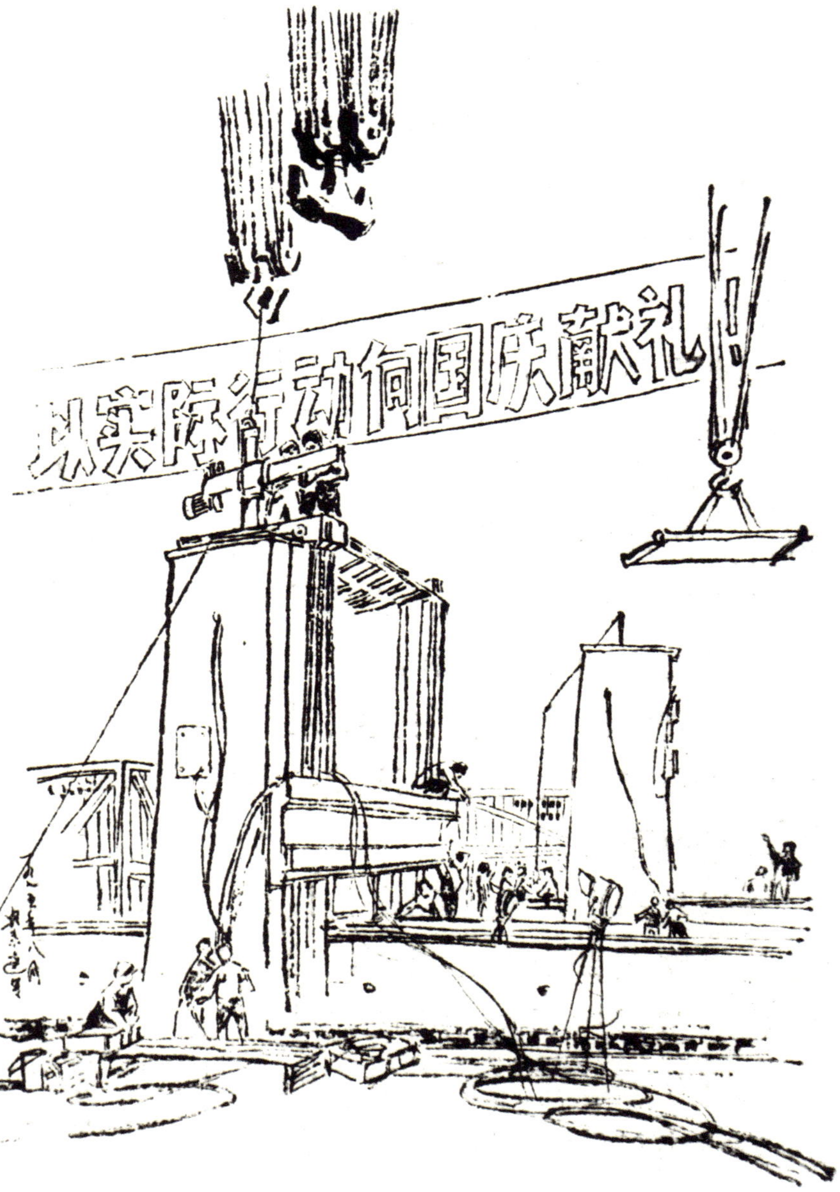

重型加工车间–2

重型加工车间–3

母校校庆同学合影（前排左一为L同学） 1986

废寝忘食（速写） 1973

留给未来的回忆 七七级四一二班毕业留念（第一排右三为L同学） 1982

L同学爱看书，每天上班都背上一挎包书。

她在工厂是滚齿工，活儿一上机，就有大量空闲时间来看书，这习惯已坚持了十年。

“机会是留给有准备的人”，1977年12月全国恢复高考，她成了“文化大革命”后的第一批带薪女大学生。

那年，我们的女儿还不到四岁。

母女 1977

20世纪70年代，工资一般不高，几十块，很穷。结婚生子，就越显手头拮据。还好，不久稿酬制度恢复，想法子在报刊上写个诗歌散文“豆腐块”，画个刊头插图、连环画，弄些“零花钱”贴补家用，是那个时候一些文化人的选择。

三五块、十几块、几十块，“小额汇款”由此得名。

其实“小额汇款”得来也并不容易。那个时候，画这些东西都要画墨稿，费时费力费眼睛。标题字，不管是什么字体，都要自己描画出来，还真有些含金量。不过这对日后做了编辑的我，却很有帮助。

用稿费购买的收音机　1977

作者于20世纪70年代画的刊头插图

人生的"魔方"，角色的转换，总在瞬息之间。

1978年，结束了七年之久的工厂生活，我调到北京电影学院实习处（现北京电影学院青年电影制片厂）当美工。

根据相关政策，恢复了我的干部待遇，工龄也从当兵的1968年改为从美院附中毕业的1966年计算。

因"文化大革命"刚结束不久，一切都在"复苏"，北京电影学院仍暂留在昌平朱辛庄农学院校舍办学，每天都有班车接送。我的工作地点是一间小摄影棚。说是美工，其实就是绘制道具景片等类似油漆工的工作。

离开本行太久，业务生疏，我开始了"恶补"，利用工作间隙写生，以尽快进入工作状态。

《樱》在拍摄中（速写） 大连 1979

渠（水粉） 1978

作者在大连 1979

1979年，北京电影学院筹备成立北京电影学院青年电影制片厂，要拍一部彩色电影《樱》（原名《樱花》），我参加了绘景工作。

那年月拍电影，远不是今天的阵仗。摄制组上下齐心，不辞辛苦，不计报酬。一次在八达岭长城上拍戏，要用长木板搭摄影机移动道，我们每人都肩扛三米见长的木板爬上长城，没有人叫苦。演员们也没有架子，在大连水库拍戏间隙，男一号许还山和我一同钻进山间的松林，兴奋地捡拾好看的松塔（松果）。更好玩儿的，影片拍摄进入尾声时，影片主题歌介入。主题歌作曲者王酩在朱辛庄摄影棚前的一辆吉普车里给我哼唱《妈妈，看看我吧》，我连连摇头："你这不还是《小花》的调儿嘛。"他不恼："你再听听，妈妈，妈妈，看看我吧……"

值得一提的是，《樱》正式公映时，我的名字第一次出现在演职员表中。

大连老虎滩（速写） 大连 1979

天津石化-1（速写） **天津** 1979

天津石化-2（速写） **天津** 1979

天津石化-3（速写） **天津** 1979

北京印染厂（速写） 1980

注：1980年3月，北京电影学院表演系78班要排练演出话剧《为了幸福，干杯》，我担任舞台美术设计。时间很紧，从研究剧本到美术设计构思，再到布景道具设计，其间，还到北京印染厂深入生活、搜集素材。一路下来，忙得不亦乐乎。

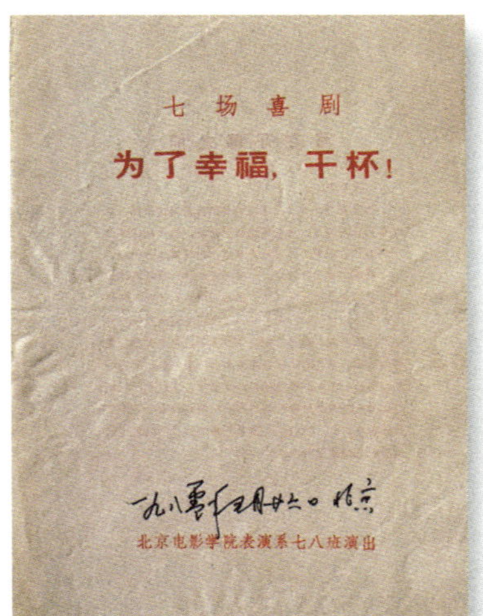

七场喜剧《为了幸福，干杯》节目单 1980

云居寺（水粉） **北京** 1979

1980年7月，我有幸参加了北京电影学院表演系1978届毕业作业、影片《百合花》与《端盘子的姑娘》的拍摄，并参与了两部影片的美术设计。

“电影美术设计”是北京电影学院设置的重要专业，我清楚，仅凭有一点美术技能是很难胜任的。好在有专业老师把握，我就权当“见习”了。两部影片都是投资小的实习短片，不需要在摄影棚搭景，全部采用实景拍摄。

剧情需要群众演员时，摄制组人员“身先士卒”。拍《百合花》需要担架队员，摄制组的男丁个个推了光头出镜，可忙乎半天，成片时却难觅尊容，只有一个个后脑勺在黑暗中晃来晃去。导演张昕老师脱口而出：“功勋”后脑勺！

《端盘子的姑娘》电影海报 色彩稿 1981

《端盘子的姑娘》电影海报
北京电影学院青年电影制片厂摄制 中国电影发行放映公司发行 1981

作者在桐庐 1980

桐庐风光（速写） 1980

作者在鼓浪屿 1981

鼓浪屿风光（速写） 1981

拍摄间隙 苏州 1980

《北京电影学院学报》1984正式出版发行
（封面设计：何燕明）

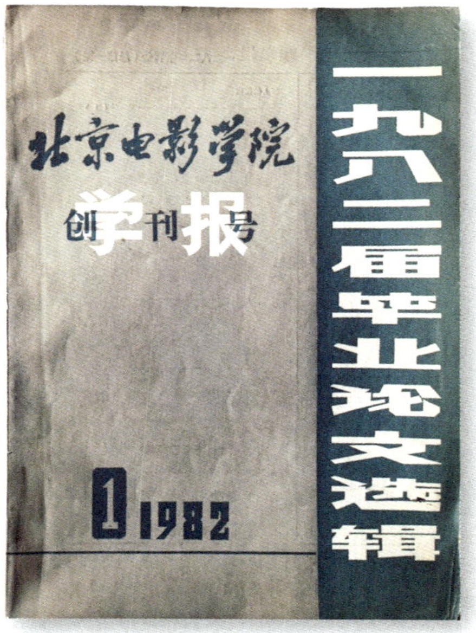

试刊《北京电影学院学报》创刊号　1982

试刊《北京电影学院学报》　1983

1982年，我被调去参与筹办《北京电影学院学报》，先后出版了1982、1983两期“试刊”。约稿子、下印厂、画封面、发稿酬、跑刊号。

1984年，《北京电影学院学报》（半年刊）正式出版发行。

图片版式　1984

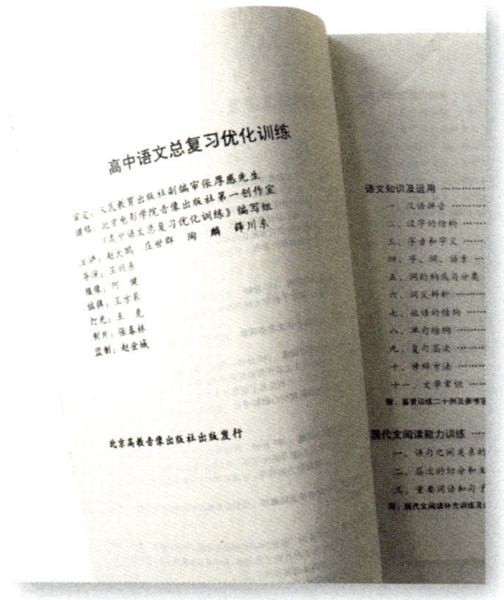

《高中语文总复习优化训练》录像带出版发行　1991

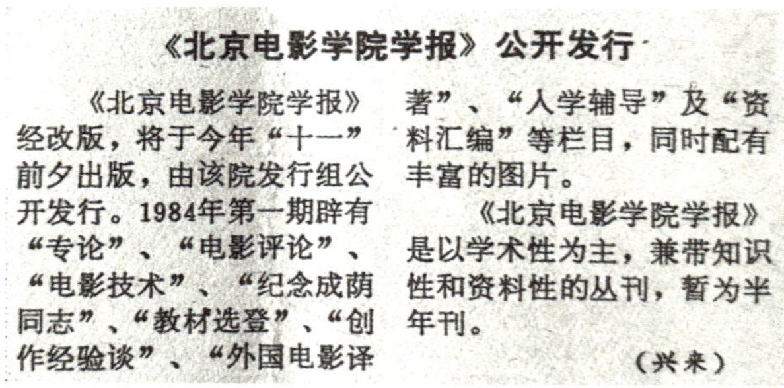

《北京电影学院学报》公开发行

《北京电影学院学报》经改版，将于今年“十一”前夕出版，由该院发行组公开发行。1984年第一期辟有“专论”、“电影评论”、“电影技术”、“纪念成荫同志”、“教材选登”、“创作经验谈”、“外国电影译著”、“入学辅导”及“资料汇编”等栏目，同时配有丰富的图片。

《北京电影学院学报》是以学术性为主，兼带知识性和资料性的丛刊，暂为半年刊。

（兴来）

《戏剧电影报》1984年第二期刊登《北京电影学院学报》正式出版发行消息

为了更好地从事编辑工作，几年中，我马不停蹄地读了北京市成人中文大专专业，并在中央工艺美术学院图书装帧专业进修了一年，坚持外出写生进修等业务训练。另外，在北京高教音像出版社制作发行了《高中语文总复习优化训练》音像教材，还根据真实人物，完成了我的第一部电视剧剧本《拳击手的最后冲击》。

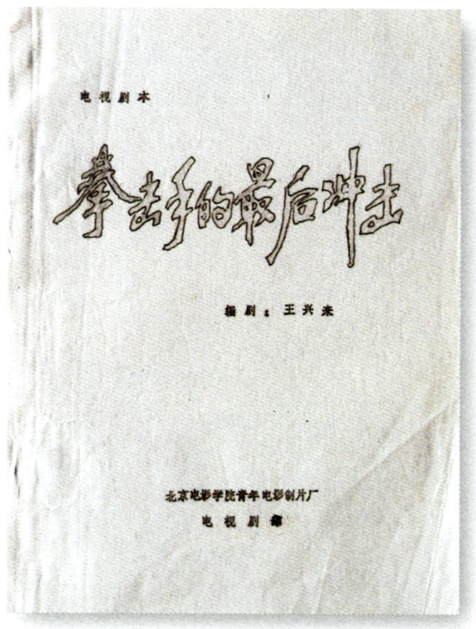

电视剧剧本《拳击手的最后冲击》　1988

走访《孙中山》摄制组

王兴来

1987年，珠影厂拍摄的历史巨片《孙中山》获第十届《大众电影》“百花奖”的最佳故事片奖；获第七届中国电影“金鸡奖”的最佳故事片奖和八个单项奖，其中丁荫楠获最佳导演奖，王亨里、侯咏获最佳摄影奖，闵宗泗获最佳美术奖——他们都是我院毕业的校友。

影片《孙中山》以恢宏的史诗般气势和独特的艺术气质，征服了观众，赢得了各界人士的普遍赞誉。影片的主要创作人员现在的情况怎样？结合影片《孙中山》的创作实践，他们在思考些什么？为此，我于4月初踏上南下的列车。

我的最大体会是，寻找自我，实现自我。真正以自己的力量、自己的看法、自己的认识、自己的独立见解出现在人们面前，并得到认可，实现自我价值。

丁荫楠

丁荫楠在拍完《孙中山》后，于1987年下半年筹拍《电影人》。在拍摄间隙，这几日正在深圳大学讲课。对丁荫楠的采访，是在深圳（蛇口）进行的。

丁荫楠说：“《孙中山》成功的经验首先是，领导坚强有力的支持及资金的充裕雄厚。珠影厂领导将拍摄这一历史巨片的任务交给我们中青年电影工作者，并组建了较强的创作集体，创造一切条件放手让我们干。我们非常感动，下决心放开胆子玩命干。另外，在关键时刻，电影局领导给予了巨大关怀和支持。作为导演，我虽然承受了当时社会及珠影厂内部的巨大压力，但内心却激荡着一种强烈的当仁不让的使命感。我全神贯注地扑到塑造孙中山这一伟人的艺术探索上，用了一年多时间，阅读了大量资料，考察了包括中国香港、澳门在内的很多城市及日本、美国，观摩了许多优秀影片并向别人请教，包括到电影学院与老师、同学交谈，从理论探讨到剧作结构，从影片风格到具体场景，逐渐形成了对未来影片的总体造型构想。《孙中山》的实践，是继《春雨潇潇》《逆光》之后，我的艺术追求和总的气质的一次集中体现。我心目中的孙中山这一伟人形象就是现在这个样子。”

丁荫楠这些话说得贴切。《孙中山》是纯粹的“丁荫楠的电影”。

丁荫楠艺术创作的脚印是清晰的。他于1966年毕业后分配到广东省话剧团从事舞台剧导演工作，曾先后单独、联合执导了两个独幕剧及一部多幕剧。舞台剧的实践，使得本来就酷爱话剧的丁荫楠更加“戏剧化”了，以致1973年调入珠影厂从事电影创作后，仍是满脑子“起、承、转、合”的戏剧观念。他无论从事纪录片的拍摄，还是做场记、助理导演，都是自觉不自觉地将戏剧那一套硬塞进电影中去，这方面吃的苦头够多。从1973至1979年，他没有单独执导影片，做着大量琐碎的事务性工作。他在苦恼中度过，却没有在苦恼中消沉。他刻苦钻研、谦虚好学，凡了解丁荫楠的人都知道，丁荫楠一遇不懂的问题，总能像小学生一样不耻下问，直到弄懂为止。由于这样，大大缩短了丁荫楠从戏剧思维到电影思维、从戏剧导演到电影导演的转变过程。1979年拍摄的《春雨潇潇》（与胡炳榴联合执导），是丁荫楠在蹒跚学步中的第一份答卷。今天看来，影片中的朦胧春雨所传达出的内涵与寓意是丁荫楠诗一般的电影风格的最初显现。

丁荫楠在每导一部影片前，总是非常重视案头工作，写出详尽的“阐述”，而在拍完每一部影片之后，又都及时总结该片的经验教训。接下来拍的《逆光》，是丁荫楠单独执导的第一部影片。这时的丁荫楠，已经彻底摆脱了戏剧化电影的羁绊，逐渐悟出了电影本性的真谛。他在“导演阐述”中具体阐明了未来影片的风格与制作原则：“《逆光》曾有人说它是一轴长卷风情画，那是就它的外观而言，而就其内涵，它包括了80年代中国第一大都市上海青年阶层形形色色的人——灵魂。”尤其在处理影片对白时，他要求“排除戏剧情绪，强调其真实性”，“绝对要抛弃那种音色美、音准强、经过了修饰的千篇一律的舞台腔”。《逆光》以其丰富的内涵和诗一般的风格，受到了电影界和广大观众的好评，标志着丁荫楠的电影艺术创作走上了坚实的道路。

然而，丁荫楠于1984年拍摄的影片《他在特区》的失利，又使他从自己的教训中清醒。影片《他在特区》，就其讴歌新事物、呼喊改革的真诚的政治责任感，丁荫楠无疑是应受到称赞和肯定的，这在他的“阐述”中已经清楚地表达了。他说：“我之所以要拍摄这部影片，就是因为这‘精神与情绪’激发了我。”精神与情绪——一群开拓者的理想、信心、激情、惆怅。但是，丁荫楠面对变革中特区沸腾的生活及由此所引发的种种矛盾，缺乏深入感受与认识。所以，影片未能很好地把握住这一新事物的内在规律，而带有较重的图解痕迹。虽然，影片从导演艺术手法及摄影上运用长镜头探索都有可喜的尝试与成功，但是，就整部影片而言，缺少震撼力。

自此，丁荫楠对理论的钻研和思索更加自觉了。经过多次成功与失败，丁荫楠逐步完善了其对电影本性的认识，成为理论指导下的实践者，并将自己实践中的体会上升为理论，先后发表了《电影不断被我认识》《〈孙中山〉影片制作构想的美学原则》等文章。历史巨片《孙中山》的成功，标志着丁荫楠电影思维观的成熟，即完成了从戏剧思维向电影思维的转变过程。他“根据自己短暂的实践”，总结出了电影思维的四个特性，即空间与造型性、运动性、交响性、审美性（可视）。在从戏剧思维向电影思维转变的过程中，丁荫楠经过了极为苦恼的思索，才使自己从一个观念被迫地转到了另一个观念。早在影片《春雨潇潇》拍摄完毕后，丁荫楠就已意识到：“一、导演必须挣脱戏剧电影化的枷锁，树立起独立的电影思维。让电影镜头从客观地介绍戏剧情节，变成抒发、阐述、传达导演心理感觉的一种手段。”“二、所谓电影的独特思维，即声音与画面的思维，是利用生活本来的面貌去表现剧本中的人和事。”在谈到对电影思维的认识时，丁荫楠说：“在以往拍片子时，我已经不止一次地阐述过自己对于电影思维的理解，这一次拍《孙中山》主要是想更进一步，在实践中巩固住这些认识，更加努力在实践中验证这些想法，修正完善自己对电影的研究，从而确立一个完整而行之有效的理论，那就是空间与造型的思维观。”丁荫楠这一真知灼见，说来轻松，其实是他艰辛探索换来的，包含着多少刻苦奋斗的汗水啊！

应该指出，影片《孙中山》是丁荫楠所谓空间与造型的电影思维观理论的具体实践和实际验证。丁荫楠面对漫长的历史跨度及孙中山奋斗的一生，以孙中山“牺牲精神”作为主线，“以孙中山奋斗一生的重大心理转折的历史时刻为全片结构的线索”，形成了影片的总体造型构思。在这一总体造型构思的统摄下，指导剧作，参与剧作。影片选取了若干从历史事件中浓缩成的历史时刻，组成互相衔接的孙中山心理情绪发展的链条，不受传统的时空观念及情节发展的束缚，富有广阔的创作天地，并带有强烈的主观性与写意性。《孙中山》是具有较高审美价值的、史诗风格的优秀影片。《孙中山》的成功，无疑是为我国电影艺术创作提供了宝贵经验。

话题转到丁荫楠眼下执导的《电影人》时，丁荫楠说：《电影人》“应该是一种悲怆的气质，嬉笑怒骂，结束时令人心酸苦涩，一种苍茫感笼罩着观众的心头”。其现实意义是：“一个中国的电影导演，从一开始形成一部新作品的构思起，便经历着‘九九八十一难’，劫难的尽头便是影片的最后问世，周而复始，就这样消耗了自己的一生。试问中国天下有志之士又有谁何尝不是这样呢？”

《电影人》融进了丁荫楠及从事电影创作事业的电影人的切身经历和感受。电影创作活动，并不是一般观众想象中的神秘与浪漫，而是艰辛的创造性劳动。至于这部影片的风格，丁荫楠以散文诗的韵味来制作。影片将似潺潺流水，浇灌着人们的心田，滋润着人们的心灵，将让人们得到审美愉悦并促使人们做冷峻的思考。我们期待着丁导演的这一新作问世。

每当我在摄影机的取景器里看见光影恰到好处地表达了镜头的内涵，每当我的摄影机在几个不同的造型支点上准确地运动，我的愉悦就难以用语言形容。这时候，才知道我是多么爱我自己所做的事情啊！

我将用不懈的努力，寻求新的尝试。

王亨里

完成了在广州的采访，我来到了贵州省镇远县城，摄影师王亨里正在那里拍摄《少侠奇缘》的外景。

王亨里，个子不高，结实而又机敏，人虽到中年，但却充满活力。他操着地道的北京口音做着自我介绍。王亨里1964年就学于北京电影学院两年制的摄影专科，由于“文化大革命”，1973年才到珠江电影制片厂工作。刚到珠影厂，他满心欢喜，以为马上就可以执机拍片，但实际并非如此。在来厂的头十年里，他一直是当助理、副摄影，从事着大量的事务性工作。创作欲望的被压抑，使得他想办法去释放。于是，他一有时间就动手写剧本，前后共写了七八个，愣是一个都没成。然而，写剧本的摸索却使王亨里的文学艺术修养得到锻炼和提高。王亨里风趣地说：“现在返回去拣拣，或许还能成功一两个呢！”

说到《孙中山》获“金鸡奖”的最佳摄影奖，王亨里激动地告诉我：“人到中年，能有幸与丁荫楠这样的导演合作，有幸参加这一历史巨片的拍摄，实在难得。《孙中山》给了我们施展的极好机会。有丁荫楠对《孙中山》的独特构思，同时又在总体造型构思要求下，放手让创作集体的各个部门充分发挥自己的创造性。拍摄时，只有‘导演工作本’，而没有通常的‘分镜头本’，这就使得摄影与其他部门有充分的创作天地。影片时间跨度三十一年，场面大，人物多，这就增加了摄影难度。外景地多而分散，还有日本、中国香港和澳门的外景。要拍一部上下集的历史传记片，从开机到出拷贝仅有八个月时间。我们摄制组都在默默地拼命干，有时甚至都‘睡在摄影机上了’，以至于有的镜头就是仅凭艺术灵气和感觉拍成的，因为时间毕竟是太紧了！现在回想起来，拍摄前的准备阶段是必不可少的。”

是的，王亨里用了大量时间阅读了几十万字的文字资料，并翻阅了大量的绘画资料，从成功作品中提炼一种感觉。他还随摄制组进行了实地采访和考察，然后根据《孙中山》影片内容，设计了三百多幅未来镜头画面。这是王亨里过去拍片不曾做过的。摄制组观摩了大量的中外优秀影片，都起到了较好的借鉴作用。经过细心揣摩，王亨里对《孙中山》的格局和气质逐渐明晰起来。在导演的总体造型构思下，王亨里写了一万多字的《〈孙中山〉摄影造型构思的基本原则》。他写道："艺术的，我认为就是主观的、表现的"，"我们所拍摄的《孙中山》是我们心目中的孙中山先生。我们所表现的辛亥革命，是我们所认识的辛亥革命"。基于此，王亨里及侯咏在《孙中山》的摄影中，为影片的风格与气势，发挥了独特的创造性作用。由于经费比较充裕，以及摄制组相互配合，使电影艺术家们的艺术个性展示得较为充分，使影片的艺术水准达到较高层次，体现了电影艺术创作集体的默契一致及配合的成熟。如同拼七巧板，如何拼，大家都理解。但是，这种局面来自艺术家素质的不断提高，靠多年学习积累才能获得。

王亨里还特别强调：电影学院的启蒙教育对他的作用是决定性的。在校时，经常阅读电影理论书籍，最爱听的课是"电影艺术概论"。在拍片实践中，他对理论的重要性认识越来越清楚了。他说：自己一直考虑着一个问题，即电影的绘画性和电影的运动性的结合。到目前为止，还没有看到国内电影摄影家们能够较好地解决这一问题。这固然和器材等条件有关，但主要还是自己的修养单调、贫乏，同时也牵涉电影制作，诸如现场调度等方面的配合。他想在这方面探索一下，并结合自己的作品写出有分量、有见解的理论文章。

十几年的创作实践，特别是《孙中山》的拍摄，王亨里将其最大体会概括为三个字："不瞎忙"。"一个摄影师，他不可能面面俱到，任何样式、任何风格的电影都能拍好。但是，凭借自己的艺术鉴赏力和判断力，我能明白，这部电影要拍成什么样子。""过去是'瞎忙'，本来人家是很现实主义的东西，或很传统的东西，却总想在里边弄出点儿什么东西，表现点儿什么，既可笑又幼稚。""应该说，《孙中山》是我真正的起点。过去拍片，总有些紧张感，而现在就踏实了。"

王亨里告诉笔者，他虽人到中年，可对电影摄影艺术越来越喜欢。他说："我好像生来就是干电影摄影的，因此，若碰到一个好剧本，或一个写剧本的契机，我都能够站在摄影角度上跟着兴奋起来。我浑身的细胞都好像是干摄影的。但苦恼也接踵而来，如每每遇到我的亢奋发不出去，尤其是和导演发生矛盾时，往往产生'还不如去拍照片'的想法。因为照片毕竟是'自己的'。所以，我需要的是和好导演合作，换句话说，是需要理解我的导演，大家把创作个性糅进影片中去，共同寻求创作的快感。"

谈到《少侠奇缘》，王亨里说：《少侠奇缘》是部武打片。他虽然不太喜欢这类影片，但应该搞些生疏的东西，总重复自己没劲！否则，不就成了电影机器了么！商业片也要讲艺术性，也要尝试。他要将《少侠奇缘》拍成格局宏大、具有抒情色彩的历史正剧，拍成"严肃的"武打片，努力做到使影片清新流畅、引人入胜。

一部影片的摄影，最重要的是饱含某种激情，这种激情必须是在开动摄影机之前和摄影机转动当中的强烈感觉。

一部影片的摄影，最重要的也是找到某种感觉，把它作为这部影片摄影创作的主导意识，使它贯穿影片始终。

一部影片的摄影，最重要的还是使影片具有一个完整的风格，它应该是这部影片和摄影师所具备的。

侯咏

太巧了，竟在珠影厂遇到侯咏。他是峨影厂的人，这次是应深圳影业公司之约前来筹拍《他选择了谋杀》，我们同住在一个招待所里。

这副面孔，在学校时，略带稚嫩，而这次在珠影厂碰面，却显得老成、精悍。依我的观察，侯咏面部最生动处，莫过于那双眼睛了。不用搭话，这双眼睛已经将我们的距离拉近了。毕竟是摄影师的眼睛啊！

侯咏言语不多，可说起话来却是简短有力，加上那浑厚的男中音，使人立刻感受到，他是个充满自信而又坚忍勇敢的人。

正是这个侯咏，1986年被丁荫楠邀来"看看广州"，"看看《孙中山》第一天的拍摄"，谁曾料到，竟在第二天就"披挂上阵"，与王亨里联合执机，正式参加拍摄《孙中山》了。他没赶上参加《孙中山》的筹拍工作，更没来得及查阅有关历史资料。然而，在拍摄中，他对丁导演的总体构思却心领神会，硬是凭着艺术家的灵气，一路默契，最后竟和王亨里一道，捧回第七届中国电影"金鸡奖"的最佳摄影奖。神吗？

这些年，侯咏从来就没有停歇过。他1982年从电影学院毕业后人虽分配到峨影厂，可为峨影厂拍片总共"1.5部"（1987年《京都球侠》一部、《世界奇案的最后线索》半部），由于各种原因，他不得不"满天飞"，请看以下：

1982年，电视剧《夏天的经历》（中国电视剧艺术中心）。

1983年，电影《九月》（昆明电影制片厂），该片是独立处女作。

1984年，电影《猎场札撒》（内蒙厂），与吕乐合作。

1984年，电影《世界奇案的最后线索》（峨影厂），与王小列合作。

1985年，电影《盗马贼》（西影厂），与赵非合作。

1986年，电影《孙中山》（珠影厂），与王亨里合作。

1987年，电影《京都球侠》（峨影厂）。

1987年，电视剧《雪泥鸿爪》（中国艺术研究院）。

1988年，电影《他选择了谋杀》（深圳影业公司），并与导演共同编剧。

比起他的老校友，侯咏实在是幸运了。除了在学校学习时有更多机会观摩当代世界优秀影片外，最令人满意的是，他刚刚毕业就能执机拍摄故事片了。他再也不需要受“日月煎熬”之苦了，且值精力充沛年华，潜力和前途还大得很呢！

侯咏，自幼喜画，和其他有同样爱好的人一样，他也有过当个大画家的美梦。1978年高考时，他竟同时考取了北京电影学院和西安美术学院。经过选择，他进入了电影学院学习电影摄影专业。先天的馈赠，使其充满灵气；后天的刻苦，使其长足发展，并在本院实习片《小院》和毕业实习片《红象》（童影厂）的摄影中初露锋芒，表现不凡。

如今，侯咏已是一名相当成熟的电影摄影师了。在《孙中山》的摄影实践中，他坚持“朴素中见大气”的美学要求，极好地营造和烘托这一历史巨片的恢宏气势，突出体现了影片的独特艺术气质，并不断将自己的艺术追求与丁导演交流。他始终坚持一个目标走下去，很好地发挥了电影摄影的创造性作用。这大概就是侯咏的艺术个性吧！

是受到张艺谋的冲击，还是由于受人制约的艺术压抑感，侯咏也萌动了出任导演的念头。也许侯咏已经意识到，一台摄影机已经不能满足自己的创作欲望了。侯咏决心干导演，态度是坚决的。但作为摄影师，他又不甘心在《京都球侠》这部影片上打上“句号”。他总觉得遗憾，对《京都球侠》摄影未能准确反映个人水准，总感到不满意，更不想在此罢手。究竟他何时改任导演，现在尚不得而知。不过，侯咏自有他的想法：“我想拍就拍，想导就导，互为副业不是更好吗？”

我对事业和人生的理解是：人一生能有一个自己满意的工作，并为之付出毕生的精力，应该说就是很幸福的事了。

闵宗泗

我于4月中旬发信给在浙江电视剧制作中心的闵宗泗，对其进行了书面采访。

闵宗泗回信说：《孙中山》的导演丁荫楠对影片的总体构思不同于以往的历史人物传记作品，而是用心理情绪结构影片，充分运用电影语言，利用电影造型，充分展示丁荫楠心中的伟人形象，已不再是单纯地再现历史去获得历史感。这里，场景不再是单纯的人物活动的背景陪衬，而是作为影片整体造型的重要组成部分参与叙述内容的造型手段。这对于美术设计，无疑是个新的探索，不但要求高，而且难度大。

为了完成《孙中山》的美术设计，达到夸张、浓缩、升华的艺术效果，他从接受设计任务起，用了近一年时间，进行了大量繁杂的准备工作。

首先，他细细研读了大量有关孙中山的史料，还想尽办法收集了一千多幅图片资料，如孙中山、宋庆龄各个时期的照片。他根据导演的总体造型构思，绘制了一千多幅美术设计图，其中包括五十多幅大场面气氛图和三百多幅镜头画面。其次，在影片拍摄过程中，为了追求历史的准确和质感的真实，他对化、服、道都提出了严格要求，具体工作部门下的功夫也是相当大的。尤其是对每一件道具的使用，都要求十分准确和考究。如为了影片需要的一张1895年的《申报》及其他进步报刊，他们几乎跑遍了整个上海，最后才在博物馆找到。

影片在叙述方法上的新探索，就是情绪结构的方法，要求将许多重大历史事件的具体过程推入后景，展现于观众面前的，是经过电影艺术家浓缩、夸张、升华而具有强烈冲击力的庄严的历史时刻。如“惠州大战”，省略了事件过程，变成了历史时刻。充分利用大战规模宏大、气势磅礴的造型力量，创造出起义军头缠红巾像潮水般涌向望不到尽头的清军的大场面，旨在突出体现我们民族在危难关头的拼死精神。他们调动一切造型手段营造影片要求的特定的时代氛围，对烘托影片立意、强化影片气质，起到了应有的作用。

他们还大胆尝试利用写意和夸张手法，烘托气氛，强化感染力。如孙中山的大本营由广州转至广西，孙中山与马林在木船上交谈这场戏，按照现实生活，拉船纤的只需四五个人就够了，而他们却设计了两岸有近千把火炬，成千人在拉船纤的壮烈场面。这场戏为观众带来中国革命艰巨性的预示。

闵宗泗充满信心地告诉我，目前他在浙江省电视剧制作中心任主任，并经常参与电视剧的拍摄。他希望今后仍然参加电影或电视剧的具体摄制工作，并特别希望有更多机会和电影学院的校友们一起合作。

应该肯定，闵宗泗是位卓有成绩的影视“两栖”艺术家。1973年他分到长影厂后，曾担任过影片《苦难的心》《苦恋》的美术设计。1980年调到浙江电视台后，先后参加拍摄了《鲁迅》《华罗庚》等二十余部电视剧，还荣获了1984年中国电视“飞天奖”的最佳美术奖。而后担任影片《孙中山》的美术设计，捧回第七届中国电影“金鸡奖”的最佳美术奖。透过这些作品，我仿佛看到了他艰辛劳作的身影。

真诚地祝愿他取得更大的成功。

原载于《北京电影学院学报》1988年第2期《同窗录》

人体写生

1982年当了编辑以后，每年可安排业务进修，这使我有了更多的写生机会。图为部分进修时画的人体写生作品。

跪坐的女人体（素描） 1990

趴卧的女人体（速写） 1990

站立的女人体（素描） 1990

《风景速写技法》 **王兴来著 中国轻工业出版社** 1991

引言

我们随时都在观察认识着世界，都经常从事“速写”训练，只不过是有人用心，有人用笔罢了。

速写，是用最敏锐的目光、最快捷的速度捕捉到的艺术精华，是艺术家认识事物的第一个窗口。速写是人们进入绘画艺术殿堂的第一级台阶，不少艺术大师的经历就是证明。

速写，强调艺术的第一感受。一根线条，就是画家的一丝灵感。

速写，是画家艺术构思的重要组成部分，是画家艺术创作的第一步，简言之，速写也是创作。

速写，画起来并不难，如同儿童画那样简单明了。速写是最率真的画种。

初学者要进入绘画的高层次艺术道路，一定要学会与重视速写。《风景速写技法》是献给初学者朋友的一份礼物，希望能在艺术跑道上看到你们的英姿。

1990年，一个朋友约我，称有家出版社需要出版一本绘画教材，因是老友，也因当时没有签出版合同的习惯，我随即答应编写一本《风景速写技法》。

紧张的编撰，细致的图片准备，又到印厂制版排版（图片制锌版、铜版，文字铅字排版），很快完成了“样书”。但我的这位朋友突然告知，出版社改主意不出版了。听到后，我倍感压力。要知道，这本《风景速写技法》“样书”，除了一路辛苦外，还要支付不小的前期成本。

窘境中我四处寻求帮助，一个个电话打过，得来的都是失望。就在我慢慢失去信心时，电话那端一个低沉平静的声音：拿来看看吧！这位编辑就是中国轻工业出版社的李老师。

“样书”很快通过了审核，但需要我自费出版，盈亏自负。

《风景速写技法》征订工作结束，这本险些夭折的书稿居然一次征订了9800册。

1991年9月，我的第一本书《风景速写技法》出版。在正式发行的第一天，我兴奋地守在北京王府井新华书店二楼“画册”柜台。当我看着《风景速写技法》被读者一本本买走时，顿感激动。虽然这本《风景速写技法》水平一般，但它的曲折经历却并不一般。《风景速写技法》出版后，结清了印刷费，扣除了发行费，我获利过万。1995年12月，《风景速写技法》（修订版）由中国轻工业出版社出版。

同期出版的，还有1993年4月的《生活速写画法》（中国物资出版社）。两次重印，发行近万册。

《生活速写画法》 **王兴来著 中国物资出版社** 1993

《风景速写技法》（修订版） **王兴来著 中国轻工业出版社** 1995

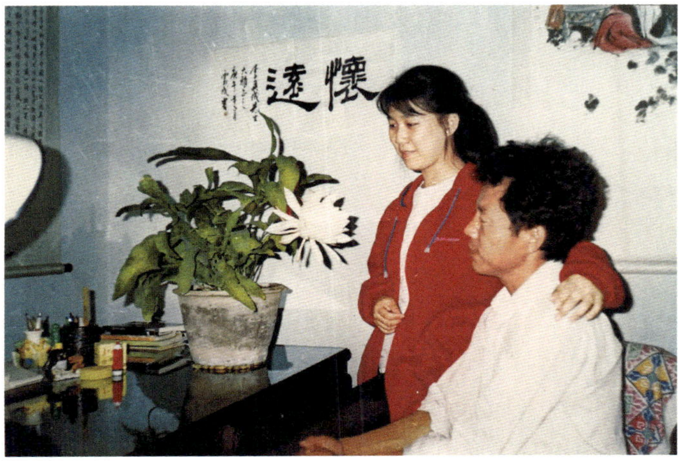

昙花一现　1990

女儿的“服装设计”作业　1994

速写示范作品-1　1992

速写示范作品-2　1992

1992年5月，即将高中毕业的女儿突发奇想，欲报考服装设计专业。我们着实被震惊了，从来没碰过画画，甚至连画笔都不会用的她怎会有如此想法，况且离高考也只有短短的一个多月时间。

确认女儿态度是认真的，也愿意为此付出努力后，我们决定“拼一下”。余下的一个多月日子里，可利用的也只有每天下午五时至午夜一两点的有限时间。

从零开始。在我的一次次尖刻的‘训斥”声里，在女儿一次次默默的泪水中，奇迹发生了，女儿似乎在一夜之间“会画画”了。在当年高考的绘画科目中，仅以每门10分之差落榜。

第二年，女儿如愿地考取了大学服装设计专业。

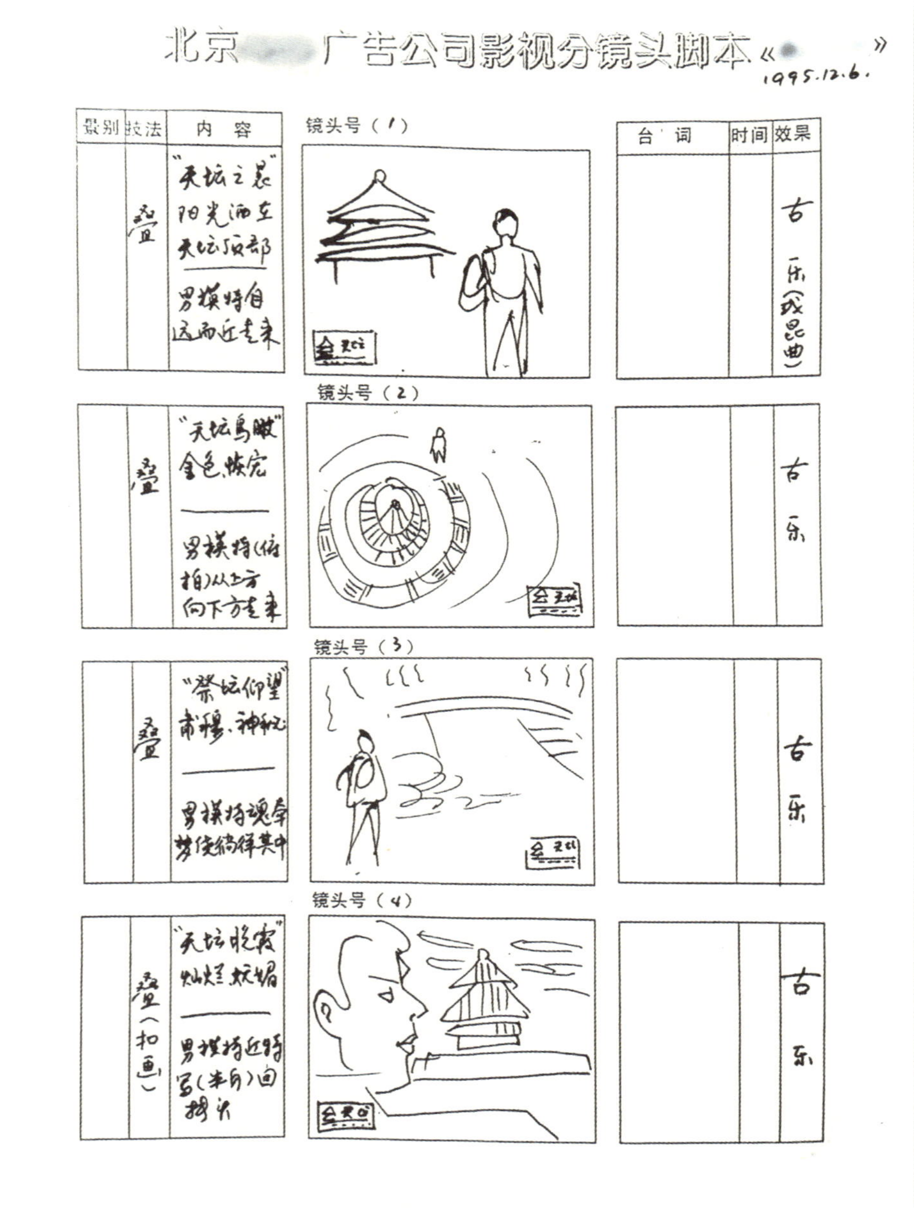

广告策划文案《影视分镜头脚本》手稿 1995

女儿（前左一）在广告拍摄中 1994

广告拍摄中（中为作者） 1996

1991年前后，我曾参与某艺术公司制作的一部影视广告片。内容是：秋日的原野，一辆“凯迪拉克”在镜头前停下，从车上下来一位高挑帅气的男子，向奔来的漂亮女士伸来的手中递过一把车钥匙（特写），随后“凯迪拉克”渐渐远去，消失在一片缥缈的秋色里（片中的男女主人公由“丝路花雨”模特经纪公司的模特饰演）。

巧的是，在以后的几年中，我与当时已在业界很有影响的一位广告人一起，依托专业院校的制作优势，策划、导演、制作了一批影视广告片。

那时，我们周旋于各个广告主之间，奔波劳作，陶醉于一次次的失败与成功，乐此不疲。

当然，广告职业资格证书是必须考取的。

《广告专业技术岗位资格培训证书》 1994

驾校学车　1996

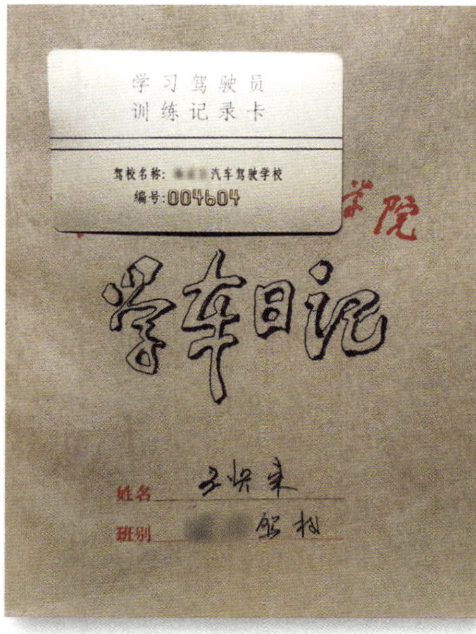

《学车日记》封面　1996

1995年冬，我去学车，一上手就是“大解放”。每天天不亮出门，裹上一件旧大衣，顶着寒风，坐上驾校脏兮兮的班车来来往往。

其实，我对学车并没有太多想法，只觉得开车是一门技能，或许将来某个机会有用场。即使用不到，也算是一种体验罢了。

我家并不缺司机，两个弟弟都会开车，老爸更是“老司机”，四野21师开火箭炮车（“喀秋莎”）的，在抗美援朝战场上走夜路，闯封锁，与美军飞机斗智斗勇，打了两年多的仗，毫发未伤。

1996年3月，考核通过，我拿到了机动车驾驶证，成为一个名副其实的五十岁的“老司机”。

《学车日记》就是见证。

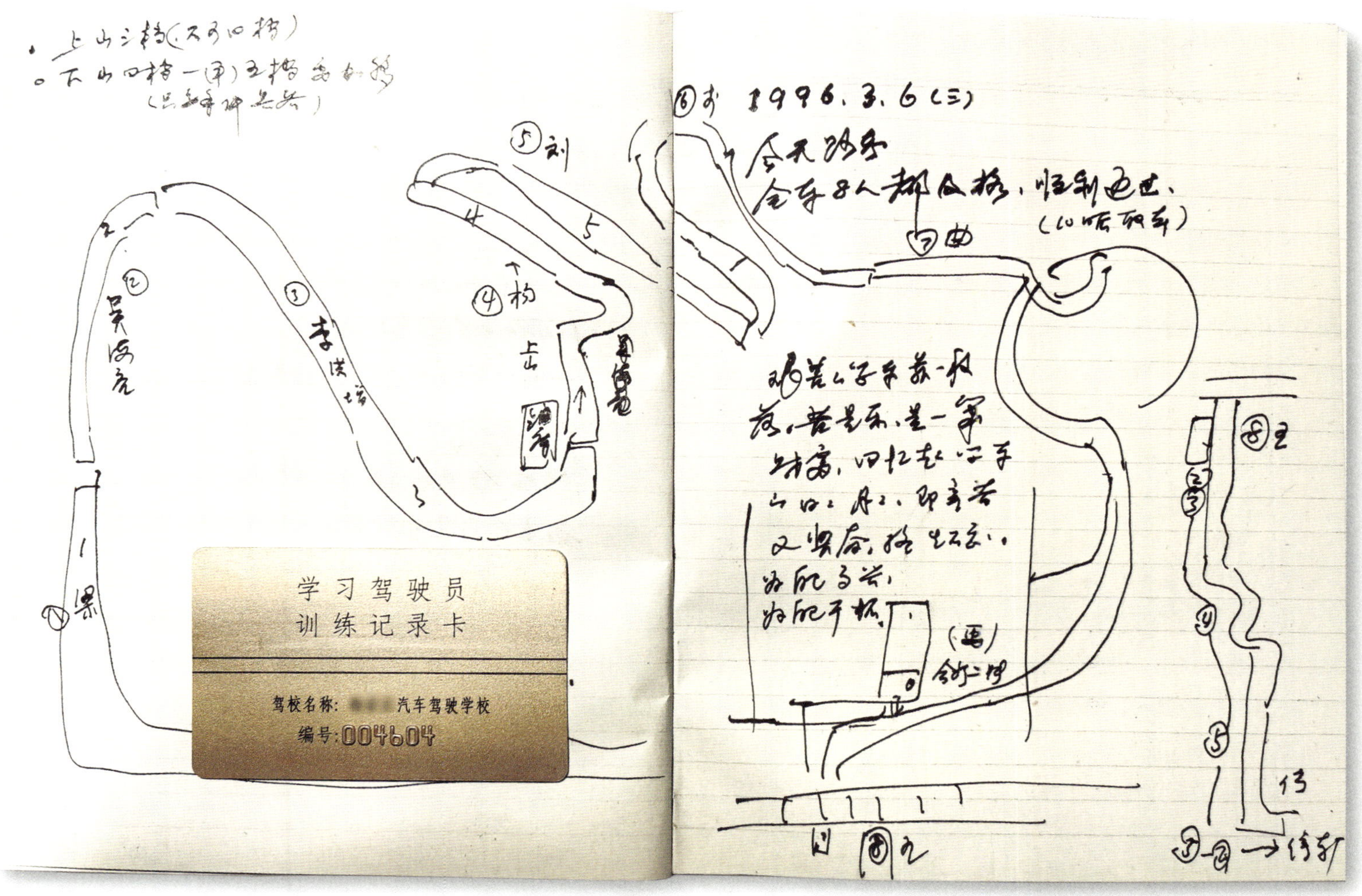

《学车日记》内文　1996

中国传统绘画的文化审美价值

王兴来

一万多年以前，当我们的先民将自己的感悟刻画在山石上时，中国原始绘画即宣布诞生，这就是中国绘画艺术的源头——中国岩画。

中国绘画艺术在漫长的中国绘画艺术发展史中萌芽、发展与成熟，以自己独特的民族气质在世界美术史中占据极其重要的地位。

（一）中国传统绘画——中华民族人格魅力的张扬

中国传统绘画，历来重视传神。顾恺之“传神论”自晋以来，一直被历代画家所推崇并运用到创作实践中。当时，由于玄学清谈势力的影响，人伦鉴识之风趋盛。对人的品评，趋向重在气质、才情、格调、神貌等内在精神，这种重神的理念是传神的基础。但此时提出的传神，主要是针对人物画的，要求外形、动势、服饰、用笔都要传神。继顾恺之之后，南朝宗炳与王微明确提出山水画亦重在传神，要“畅写山水之神情”。而后世又推至人物、山水、花鸟、竹石等所有画都要传神，其实质，就是传人之神，传人之情感，即人格精神。由此看到，中国传统绘画自进入有独立审美意义绘画后，“传神论”一直作为绘画艺术的灵魂与传统而得到继承。这里绘画已由单纯模仿转向抒情，绘画作品已成为人们满足审美要求的艺术品了。至此，画家在艺术创作中感情投入的优劣就成为品评绘画作品的重要尺度，画家本人的艺术修养与人格特征已经被所创作的艺术作品物化而呈现在观赏者面前了。一般所讲“诗如其人，书如其人，画如其人”就是这个道理。因此可以说，艺术作品的风格，即人的风格，即人格。

《渡海天王图》是吴道子风格的杰出作品。其“援毫图壁，飒然风起”“天衣飞扬，满壁飞动”，极富运动感。张彦远称吴道子：“众皆密于盼际，我则离披其点画。众皆谨于象似，我则脱落其凡俗。”吴道子在绘画中，线条遒劲，极富张力，“笔力劲怒”，渗透强烈感情于笔端，极大丰富了绘画形象。张彦远谈吴道子之所以能达到如此超凡水平，是因为“守其神，专其一，合造化之功，假吴生之笔。向所谓意存笔先，画尽意在也”。

中国山水画至隋唐，“外师造化，中得心源”的写实风格与追求意趣、“物我合一”“物我交融”的主客观密切统一的传统得以发展，出现了展子虔《游春图》、李思训《江帆楼阁图》等名家名作。青绿山水《游春图》，传为展子虔之作，其完整的构思，巧妙的构图，色调的经营，具有江南景色的山川之美；其“远近山川，咫尺千里”之势，证明此时山水画的艺术境界已臻于完美。五代山水画成就巨大，或尚意，或抒情，或表现大自然之美，或有感于时代动乱，寄情于山川，抒发自己的感情与胸襟，或冷峻野逸，或恬静幽美。荆浩、关仝、董源、巨然，被后人称为山水画“南北宗”之祖。

这样，中国绘画艺术开始走上探索意境，寄爱憎、情操与思绪于所描绘的人物、山川、花卉、草木等之路，从而使绘画成为描绘景物、抒发情感、表达思想、陶冶性情的工具。这既是时代的需求，亦是画家的自觉要求。

宋代苏轼提出“文人画”的主张，更将画家的修养与人格提到了首要位置：“能文而不求举，善画而不求售，文以达吾心，画以适吾意”。“诗、书、画”结合自此萌芽，至元代占据了画坛主流。这期间，南宋文人画家因不满朝廷苟且，寓情于物，以竹、石、兰、梅及水仙为描绘对象，寓意高洁以自况自励，表示不肯同流合污。为了强化意境，有些画题诗写字，以书助势，以势增色，使“诗、书、画”结合的独特风貌由此确立。中华民族具有独立人格魅力的绘画形式正式形成了。

元代文人画家的创作，使充满人格魅力的绘画水准达到极致。画面上每个角落传出的丰富情感信息使作品愈加魅力无穷。所画山水、景物，或蔚然深秀，或空旷渺远，或荒率幽寂，或深厚莽苍，顿有绝世之感。曲折委婉地表达处浊世、陷乱世的不满以及渴求隐遁山林的愿望。“诗、书、画”结合形式此时相当完美。作品意境透过写意笔墨给予充分表达，笔墨趣味与技巧开始具有独立于画面形象以外的审美价值，绘画与诗文书法的结合更为紧密。这样，绘画的形象与构图、书法的笔趣与动态、诗文的意境与哲理等多种传统文化融合在一起，如同交响乐一样，共同抒发作者的襟怀，极大地丰富了作品的感染力。著名画家有高克恭、赵孟頫、曹知白与被誉为“元四家”的黄公望、吴镇、倪瓒、王蒙等。

史称“吴门派”的文人画家们愈加注重自身修养，自觉以清贞高蹈的人格精神为师表，多有名作传世。其代表人物有沈周、文徵明与唐寅、仇英。

在清初的杰出画家中，以凄凉身世、悲愤郁勃的情感、高尚的人品、精湛的学识修养与精妙的书画造诣著称的“四僧”（八大山人、石涛、石溪与渐江）最具代表性，其独特的艺术成就令后人景仰，因不满清朝统治，削发为僧，隐遁山野，借笔墨意趣直抒愤愤不平之胸臆，矛头直指统治者。其锋芒、其胆魄、其技巧之“心随笔运”，其诗、其书、其情、其境，无一不显露其艺术才情，折射时代特征与个性追求，令世人称道。究其原因是“四僧”生活于经济发达地区，人性解放开始萌芽，时代要求中国绘画应随时代革新变化。“四僧”正是适应时代审美意识和社会潮流，勇敢地开风气之先，领时代之风骚，为清代画坛引来一股徐徐新风，实属难能可贵。

“扬州八怪”与“海派”的绘画成就，在中国传统绘画中占有特殊地位。观照“扬州八怪”的特点会感到异乎寻常的酣畅，其人格魅力的张扬，其反叛陈规陋习，其独特的艺术趣味，其崭新的绘画语言，其大胆的革新精神，洋洋洒洒溢于画外。其称怪不怪的构思，更使“诗、书、画”的结合趋于完美，不愧为一支适应时代审美要求的成绩卓然的生力军。“扬州八怪”并非八人，亦非都是扬州人，只是因为思想和艺术风格的相近或殊途同归而被世人统称。他们面对现实生活，直抒胸臆，恣意纵横，古朴峻奇，针对正统派山水、花鸟画的拟古而走上花鸟画创新之路。追古法而不拟，面貌新而不俗，苍劲中求姿媚，纵逸中见法度，个性张扬，自成一家。

“海派”形成于鸦片战争失败后的上海。由于通商口岸的开放，资本主义的侵入，使“海派”初具革新胆识、冒险精神，不泯灭民族精神而又易于接受西方某些生活方式与审美情趣。同时，在社会与时代发展的要求下，“海派”更大胆地运用了中西画法，尝试融合，而又不忘在传统绘画中找寻根基。与“扬州八怪”比较，“海派”在表达情感、直抒胸臆与面对人生方面，题材更为直接，手法更为显露。“海派”艺术将碑刻引入绘画，以金石为工具，介入审美领域，实现了“诗、书、画、印”的有机结合。这是划时代的重大突破，亦为人格的书写与张扬，更增一分阳刚之气，折射出一股“浩气长存”的民族精神。其中，赵之谦、吴昌硕是杰出代表。还有张熊、朱熊、任熊、任薰及任伯年、虚谷、任预、蒲华等。

文人画为主体的中国传统绘画独特地表达情感，直书人格的艺术风貌，渗透着中华民族文化之底蕴，是宝贵的民族文化传统，应倍加爱护、汲取及发扬。

（二）中国传统绘画——中华民族悠久历史的写真

中华民族在五千多年兴衰荣辱、披荆斩棘的历史中，写就了不朽的文明史，亦铸成了中国传统绘画鲜明独特的民族风格。

“中国岩画”“彩陶文化”是中国古代绘画浓重的第一笔。被称为“史前艺术”的“中国岩画”“彩陶文化”是原始先民们为我们存留的图腾与原始生活的珍贵写真。散落于中国各地的岩画以其稚朴豪放、近似儿童画的天真想象表达了原始生活之美，其中以发现于内蒙古阴山山脉的“阴山岩画”为最早（约1万年前）。距今约7000至5000年的“仰韶文化”“马家窑文化”为代表的“彩陶文化”又使“史前艺术”大放异彩，其造型精美、图像简略的艺术风格与原始岩画一脉相承。

进入阶级社会后，绘画除了表现平民的生活情趣与理想外，还被统治者用作维护其统治的工具。早在青铜器时代，统治者已经开始利用绘画为其谋取财富与巩固统治服务。之后，很多帝王都建立了画院，作为封建文化统治机构，令御用画工（家）为其享受与统治服务（宫廷绘画在中国绘画中占有显著位置）。据《孔子家语》云：周朝的公卿祠堂已绘有壁画，画有“尧、舜之容，桀、纣之像”以及“周公相成王”的故事画。宗教壁画也被统治者用来宣传政教以奴化平民。汉魏以来的墓室壁画中，除对墓主歌功颂德外，还大量绘有墓主统治平民的场景内容。尤其在寺观壁画盛行的唐代，利用宗教为其政权统治服务。仅唐代首都长安就有寺观150多处，云集绘塑专家，投入大量人力物力，其建寺规模之浩大，其壁画之精美，都是空前的。据记载，李世民为了吸取前代帝王成败之教训，引以为戒，命画工描绘唐以前13位帝王像（《古帝王图》）。明代朱元璋亦十分重视绘画对政治的作用，命画工绘制《天下江山图》，传写“御容”，以示天子之威严。他还命画工绘制历代功臣像，为帝王将相歌功颂德。而清代宫廷绘画中对皇室的歌功颂德更是登峰造极，一幅巨制《康熙南巡图》，命众多画家参与绘制，达三年才告完成；为康熙祝寿的《万寿图》，竟由44位名家合制才告完成。

中国传统绘画，内容丰富多彩。记载社会生活不同侧面，表达平民生活实景，实录重大政治事件，无所不包，无所不容。堪称是巨大、生动的历史画廊、描绘民俗民风的风俗画《清明上河图》早已家喻户晓，是中国传统绘画的重要代表作之一。北宋画家张择端在这幅长卷中，以写实手法描绘北宋汴梁风物，再现了这座繁荣兴盛大都市的热闹景象，形象生动，蔚为大观，使人身临其境。五代著名人物画《韩熙载夜宴图》生动再现了韩熙载真人与真实生活。据记载，画家顾闳中是“于众中阴察之”后绘就的。全卷共五段，通过弹唱、宴饮、舞乐、调笑、休息等情节刻画韩熙载复杂的精神世界。唐代阎立本《步辇图》，则是记录了1300年前汉藏团结友好重大历史事件的作品，它再现了唐太宗李世民接见吐蕃使者禄东赞的场景。现存西藏拉萨大昭寺的壁画《固始汗与第巴桑吉加措》《欢庆图》及布达拉宫的《五世达赖觐见顺治皇帝》，正是歌颂祖国统一与民族团结的历史写照。《康熙南巡图》虽为歌功颂德之作，却从另一侧面较真实地反映了清初沿运河两岸的山川风光、社会风俗，可算得上是那个时代东南地区社会生活的百科全书。而敦煌壁画中的唐代佛教史迹画《张骞出使西域图》则描绘了汉武帝甘泉宫礼拜金人、命张骞出使大夏的历史性场面，真实地反映了古代文化交流史上的这一事件。著名的《万树园赐宴图》是清乾隆皇帝在避暑山庄接见并赐宴维护国家统一、反对分裂的杜尔伯特部的重大事件，其构图恢宏，气氛肃穆，场面壮观，显示了乾隆皇帝至高无上的威严。鸦片战争后，民间年画中出现很多描写人民反侵略及农民革命的作品。《刘提督水战得胜全图》（杨柳青），反映了黑旗军刘永福将军痛击法国侵略者的胜利场面；《太平军北伐图》（杨柳青）则真实地反映了太平天国出师北伐的情景。

中国历史上的诸次统一都为中国传统绘画的繁荣发展创造了条件。公元前221年秦灭六国建立大一统的帝国，第一次结束了分裂局面。秦帝国虽只有短暂的十几年，但却留下了“阿房宫”恢宏的记载和“兵马俑”的伟大奇迹。汉朝长达四百多年的统一局面是中国绘画史上的里程碑，使中国绘画从原始绘画中挣脱出来，而转向为统治阶级政权服务。这期间，壁画尤其是墓室壁画的成就最为突出，题材亦相当广泛，日月星象、御龙升天、驱鬼逐役、历史故事以及墓主生活情景，被誉为汉代社会生活的百科全书。汉画像石、画像砖的艺术之成就无可比拟。世人瞩目的马王堆一号墓出土的“T形”帛画，其人物之神气、线条之精美、气魄之刚健、色彩之灿烂、色调之和谐、艺术之成就都大大超过了已出土的战国帛画。汉以后，经三国两晋南北朝的分裂、鼎立，中国绘画史迎来了又一个鼎盛时期——隋唐时代。经济的发展、政治的统一为中国绘画提供了良好的发展时机。隋朝时间虽不长，但已给绘画带来新的繁荣，而唐朝的安定局面创造了举世瞩目、光辉灿烂的唐文化。中国绘画艺术在唐代获得了全面的繁荣与发展，人物、山水、花鸟画都取得了长足的进步，标志着中国传统绘画的成熟。这以后的宋、元、明、清的统一局面同样都为中国绘画不断带来新的面貌与新的发展，亦为近现代中国绘画发展奠定了坚实丰厚的民族传统绘画的基础。

（三）中国传统绘画——中华民族文化融合的积淀

中国传统绘画是中华民族共同创造、共同拥有的博大精深的宝贵精神财富与文化遗产，其底蕴之丰厚，色彩之斑斓，魅力之神秘，深邃高雅，无与伦比。中国传统绘画在发展中形成了完整的具有东方美学特色的理论体系，并在不断探索与追求中逐渐发展成为门类繁多、流派纷呈、风格多样、名家如云、佳作迭出、蔚为大观的艺术天地，创作出大量以人物、山水、花鸟为主要表现内容的工笔、写意、工写结合、青绿、水墨、泼墨、泼彩、没骨、白描、版画、年画等不同类别、技法迥异的传世之作，与星罗棋布于祖国各地的墓室壁画、寺观壁画、石窟壁画、汉代画像石、画像砖、石刻等构成了巨大的中国绘画艺术宝库。其中以著名的敦煌壁画艺术为代表的中国宗教壁画因成就巨大与灿烂辉煌而享誉世界。

中华民族是聪慧的，中国岩画表达着远古时代先民的原始生活之美，彩陶纹样记录着我们祖先的想象与创作；中华民族铸造了璀璨夺目的青铜文化，并早于其他各国创作出了具有独立审美意义的绘画作品，充分显示了超凡的艺术才能。中华民族怀有炽烈情感，以豁达奔放的胸襟，融合各地域的艺术风格，吸纳各地域的艺术营养，博采众长，兼收并蓄，广聚群贤，使中华绘画艺术史上各种流派不断涌现，各种画风不断创新，画论评述不断推出。中国画坛，百花竞放，群芳争艳。在我们民族文化发展史以及中国传统绘画发展过程中，南北交流、民族交融、中西结合、各民族艺术家相互融合的实例不胜枚举。

东晋南朝，由于受域外及西域画家画法的影响，绘画作品题材更为广泛，艺术表现力更加提高，画风由“迹简意淡而雅正”转向“细密精致而臻丽”，从而显示出上承汉魏、下启隋唐的鲜明时代风貌。同样，北朝绘画除了继承汉魏传统，又吸纳了东晋南朝绘画的影响，使其绘画得以发展。具有划时代影响的早期敦煌宗教壁画既受中原画风影响，又借鉴了西域画法，充分显示了中华民族在长期的生活实践中形成的高尚健康的审美理想和艺术风格，并折射出中华民族博大的胸怀和善于吸收融合外来文化艺术的强大魄力。

长久以来，中国传统绘画以其神秘的东方审美情趣吸引着世界，更为中华民族所珍爱。中国传统绘画中所积淀的中国各民族的优秀文化，一直鼓舞、涵养与激励着今天的人们，这也是中国传统绘画在维系、巩固中华民族凝聚力，促进民族融合与团结中的作用。

原载于《中国传统文化的历史阐释与现代价值》

（山西教育出版社1997年7月）

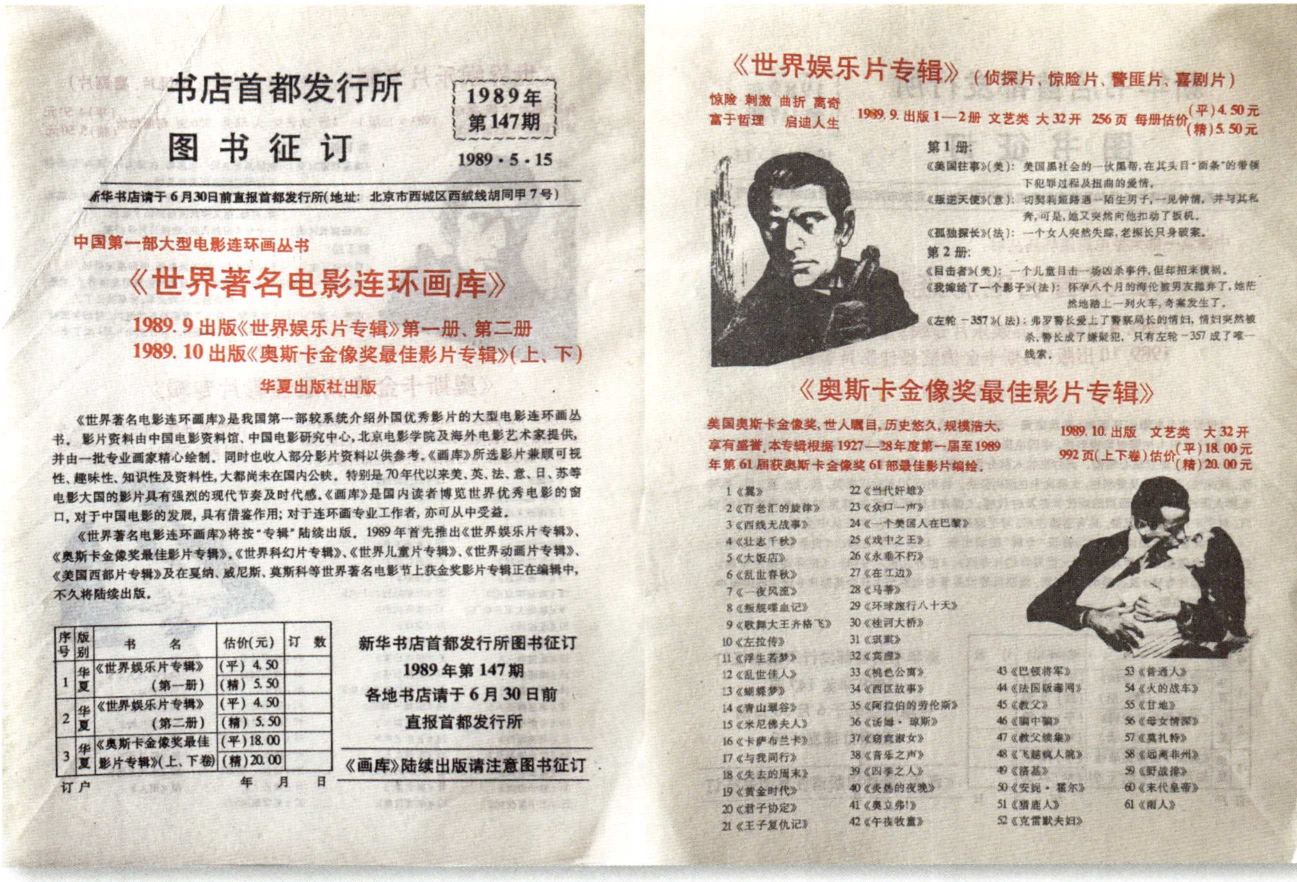

书店首都发行所

图书征订

1989年 第147期

1989·5·15

新华书店请于6月30日前直报首都发行所(地址：北京市西城区西绒线胡同甲7号)

中国第一部大型电影连环画丛书

《世界著名电影连环画库》

1989.9出版《世界娱乐片专辑》第一册、第二册

1989.10出版《奥斯卡金像奖最佳影片专辑》(上、下)

华夏出版社出版

《世界著名电影连环画库》是我国第一部较系统介绍外国优秀影片的大型电影连环画丛书。影片资料由中国电影资料馆、中国电影研究中心，北京电影学院及海外电影艺术家提供，并由一批专业画家精心绘制。同时也收入部分影片资料以供参考。《画库》所选影片兼顾可视性、趣味性、知识性及资料性，大都尚未在国内公映。特别是70年代以来美、英、法、意、日、苏等电影大国的影片具有强烈的现代节奏及时代感。《画库》是国内读者博览世界优秀电影的窗口，对于中国电影的发展，具有借鉴作用；对于连环画专业工作者，亦可从中受益。

《世界著名电影连环画库》将按"专辑"陆续出版。1989年首先推出《世界娱乐片专辑》、《奥斯卡金像奖最佳影片专辑》、《世界科幻片专辑》、《世界儿童片专辑》、《世界动画片专辑》、《美国西部片专辑》及在戛纳、威尼斯、莫斯科等世界著名电影节上获金奖影片专辑正在编辑中，不久将陆续出版。

序号	版别	书名	估价(元)	订数
1	华夏	《世界娱乐片专辑》(第一册)	(平) 4.50	
			(精) 5.50	
2	华夏	《世界娱乐片专辑》(第二册)	(平) 4.50	
			(精) 5.50	
3	华夏	《奥斯卡金像奖最佳影片专辑》(上、下卷)	(平) 18.00	
			(精) 20.00	

订户　　　　年　月　日

新华书店首都发行所图书征订

1989年第147期

各地书店请于6月30日前

直报首都发行所

《画库》陆续出版请注意图书征订

《世界娱乐片专辑》(侦探片、惊险片、警匪片、喜剧片)

惊险 刺激 曲折 离奇

富于哲理　启迪人生

1989.9.出版1—2册 文艺类 大32开 256页 每册估价(平)4.50元 (精)5.50元

第1册：

《美国往事》(美)：美国黑社会的一伙黑帮，在其头目"面条"的带领下犯罪过程及扭曲的爱情。

《叛逆天使》(意)：切契莉娅路遇一陌生男子，一见钟情，并与其私奔，可是，她又突然向他扣动了扳机。

《孤独探长》(法)：一个女人突然失踪，老探长只身破案。

第2册：

《目击者》(美)：一个儿童目击一场凶杀事件，但却招来横祸。

《我嫁给了一个影子》(法)：怀孕八个月的海伦被男友抛弃了，她茫然地踏上一列火车，奇案发生了。

《左轮－357》(法)：弗罗警长爱上了警察局长的情妇，情妇突然被杀，警长成了嫌疑犯，只有左轮－357成了唯一线索。

《奥斯卡金像奖最佳影片专辑》

美国奥斯卡金像奖，世人瞩目，历史悠久，规模浩大，享有盛誉。本专辑根据1927—28年度第一届至1989年第61届获奥斯卡金像奖61部最佳影片编绘。

1989.10.出版　文艺类　大32开

992页(上下卷)估价(平)18.00元 (精)20.00元

1《翼》
2《百老汇的旋律》
3《西线无战事》
4《壮志千秋》
5《大饭店》
6《乱世春秋》
7《一夜风流》
8《叛舰喋血记》
9《歌舞大王齐格飞》
10《左拉传》
11《浮生若梦》
12《乱世佳人》
13《蝴蝶梦》
14《青山翠谷》
15《米尼佛夫人》
16《卡萨布兰卡》
17《与我同行》
18《失去的周末》
19《黄金时代》
20《君子协定》
21《王子复仇记》
22《当代奸雄》
23《众口一声》
24《一个美国人在巴黎》
25《戏中之王》
26《永垂不朽》
27《在江边》
28《马蒂》
29《环球旅行八十天》
30《桂河大桥》
31《琪琪》
32《宾虚》
33《桃色公寓》
34《西区故事》
35《阿拉伯的劳伦斯》
36《汤姆·琼斯》
37《窈窕淑女》
38《音乐之声》
39《四季之人》
40《炎热的夜晚》
41《奥立弗!》
42《午夜牧童》
43《巴顿将军》
44《法国贩毒网》
45《教父》
46《骗中骗》
47《教父续集》
48《飞越疯人院》
49《洛基》
50《安妮·霍尔》
51《猎鹿人》
52《克雷默夫妇》
53《普通人》
54《火的战车》
55《甘地》
56《母女情深》
57《莫扎特》
58《远离非洲》
59《野战排》
60《末代皇帝》
61《雨人》

新华书店首都发行所图书征订单　1989

新华书店首都发行所

图书征订

1989年 第148期

1989.5.30

各地新华书店请于6月30日前直报首都发行所（地址：北京市西城区西绒线胡同甲7号）

《男士的潇洒》

——如何装扮你的仪表

（日）石津谦介

青年小伙儿喜欢把自己打扮得英俊潇洒，中年男子喜欢把自己打扮得庄重文雅，风度翩翩，老年人喜欢把自己打扮得年轻些，使青春常驻，此书是所有男士们最理想的伙伴，亦是姑娘馈赠男友的最佳礼品。

教育类 32开 20万字 估价：(平) 4.50元 (精) 5.00元

1989.8.出版　华夏出版社出版

前言

一、何谓潇洒

1.潇洒究竟如何表现

潇洒是表现

潇洒是姿态

潇洒在于穿戴打扮

2.男士的条件

3.女士的条件

二、流行

1.流行谁人创造

2.罗漫与情感，无知与无耻

3.轻便的学生风采与欧洲大陆式服装

4.美味佳肴食于肓

三、论西服装饰

(一)式样

1.晨礼服

2.社交服的推广

3.请穿夜小礼服

4.应时应地可穿的服装

(二)上衣

1.直而暖和的上衣

2.正式穿着

3.晴日穿着

4.拉链上衣与纽扣上衣

5.不时兴的三季大衣

(三)便装

1.运动服变成了黑色

2.西服有领

3.西服有褶

4.奇特服

5."J"的新称

(四)裤子

1.搭配适宜

2.与上衣有着典雅的联系

3.潇洒的裤子

4.膝盖上下

(五)经济实惠的着装

(六)受欢迎的服装套衣

四、衬衫

(一)白色衬衫

1.Y型衬衫一

2.Y型衬衫二

3.何谓适宜衬衫

4.彩色与色调

5.三思尔后买

6.办公室的衣橱柜

(二)U衬衫

1.女士内衣

2.冬季内衣

3.夏季内衣

4.六种内衣

五、帽子实用

1.内容的决键

2.戴着勇气和自信

3.选择合适的帽子

4.戴帽子的决窍

5.年龄与帽子

六、领带、领结的学问

七、鞋

八、小东西

九、活用皮包

十、纽扣的用处

十一、衣服口袋的活用

十二、男士美容

十三、男士季装色调

十四、量体选衣

十五、衣料的选择

十六、学生服

十七、四种情况

十八、窍门集锦

十九、着装实用

二十、海上装束

二十一、雨装

二十二、旅游运动服装

二十三、礼仪集锦

二十四、表现潇洒的谱言

新华书店首都发行所图书征订单　1989

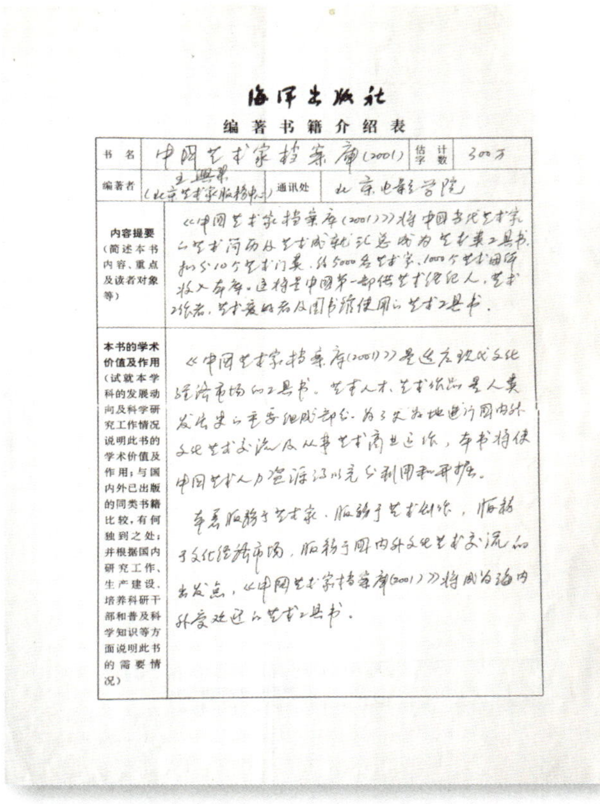

海洋出版社

编著书籍介绍表

书名	中国艺术家档案库(2001)	估计字数	500万
编著者	王兴来(北京艺术家服务中心)	通讯处	北京电影学院

内容提要（简述本书内容、重点及读者对象等）

本书的学术价值及作用（试就本学科的发展动向及科学研究工作情况说明此书的学术价值及作用；与国内外已出版的同类书籍比较，有何独到之处；并根据国内研究工作、生产建设、培养科研干部和普及科学知识等方面说明此书的需要情况）

编著书籍介绍表《中国艺术家档案库》　2001

当了编辑后，总愿意琢磨一些图书选题。当然出于各种条件，大都无疾而终，但我还是热衷于此。

1989年策划的《世界著名电影连环画库》，是我们最早的图书选题之一，谈好了出版社，也发出了"图书征订"，只因为出版社编辑人员突然更替，此选题便"胎死腹中"。

说来不可思议，不久出版界即涌起了一股"大块头"《连环画》出版热浪，铺天盖地的大开本名著《连环画库》"席卷而来"，追逐利益的最大化达到了"登峰造极"。这不仅直接造成了相关资源的极大浪费，更抬高了广大消费者的文化教育成本。

《中国动画漫画系列教材》 中国轻工业出版社 2003

部分图书策划选题审定、选题申报资料

选题审定材料

《旧京缩影——什刹海》

王兴来　李　木　著

作者简介：

王兴来　北京人，北京电影学院编辑，曾主编《中国动画漫画系列教材》，著有《风景速写技法》、《生活速写画法》等。

李　木　北京人，中国文联出版社编辑。

如果问北京最具地方特色和传统文化的代表性地区在哪里？那就是什刹海。

什刹海以它深厚凝重的历史文化和古都民风，演绎着“老北京”的历史脉络和迷人风采，成为古都北京的缩影。

本书以作者在北京生活了半个多世纪的“老北京”身份，用充满感情的视角和笔触，用平易亲和的文字和朴实无华的图片，通过探访什刹海地区的风土人情，生动鲜活地展现出老北京的历史文化风貌，刻画出这块土地的厚重文化底蕴与“新北京”现代社会相结合的生活本色。同时还提醒读者，在发展旅游的同时而不要丢弃了形成今天这一切的传统生活本身。

本书的编著，得到了什刹海地区有关方面的支持。

选题审定材料

《走进京城茶艺馆》

王兴来　潘　旭　著

作者简介：

王兴来　北京人，北京电影学院编辑，曾主编《中国动画漫画系列教材》，著有《风景速写技法》、《生活速写画法》等。

潘　旭　北京人，园艺设计师，曾对中国园林艺术设计及装饰发表诸多见解与评论。现为道一茶楼经理，欲为建立茶艺行业规范作出努力。

遍布京城的茶艺馆是现代北京休闲商务的好去处。

茶艺馆已不是传统意义茶馆的复制，也不是中国茶文化的简单延续，更不是浮躁、急功近利的商海冲浪。

茶艺馆承载了茶人太多的希冀，满怀深情向我们招手——让我们走进茶艺馆。翻开中华民族的五千文明史，源远流长的茶文化无不和民族的兴衰、国家的命运密切相连。古老的饮茶艺术把中国精湛典雅，出神入化的茶器、茶技推向世界。今天，中国的茶文化应对中华民族与世界做出更大贡献。中国茶文化一定要走向世界，更应担负起反映社会文明，时代进步的历史责任。

本书试图通过详实的访谈、生动的图片，引领广大读者走进京城百余家茶艺馆，感受茶艺馆清新的文化氛围、陶冶性情、平和心态。

本书期盼人们对京城茶艺馆的发展寄予足够的热情与关注。

《走进京城茶艺馆》拟为16开本，彩色照片、钢笔淡彩插图与单页照片相结合。全书共有约300幅图片与插图，7印张。相信本书会对京城茶艺行业，旅游产生重大影响。

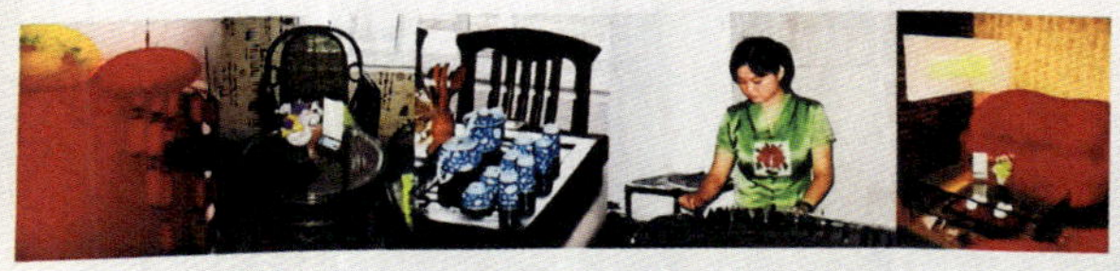

选题审定材料

《走近京都古树名木》

王兴来　施海　著

作者简介：

王兴来　北京人，北京电影学院编辑，曾主编《中国动画漫画系列教材》，著有《风景速写技法》、《生活速写画法》等。

施　海　北京人，曾任北京市林业局林政处处长，长期从事古树名木保护管理工作，曾主编《北京古树名木志》，现任林业总站站长。

北京是一座举世闻名的文化古都，人文荟萃，有着丰富的文物古迹。其中就有很多“活的文物”，即遍布京城内外的苍老献劲、雄伟挺拔的几万株古树名木。这些“国之瑰宝”是中华民族的人格写照。

这是一本集人文景观、科学知识与艺术欣赏，极具收藏与实用价值的作品。透过中国历史发展长河以及北京的深厚历史文化底蕴，探寻古都北京珍贵遗存，作者怀着景仰之情走近京都古树名木，浓墨重彩，纵情呕歌；并将围绕一株株古树名木的民间传说娓娓道来，魅力无穷，飘渺幽香。

作品选取北京具有300年以上树龄的古树及具有人文意义的名木100株（群），如古松、柏、槐、银杏及枣树等。通过丰富的文字、图片与插图，呈现给读者近距离触摸、欣赏与品味北京古树名木所传达出的历史文化气息。凸现北京古树名木在北京的历史、文化、民俗、考古、园林、旅游等方面所占有的重要地位。

《走近京都古树名木》拟为大16开本，彩色树木照片，水墨插图与单色资料照片相结合，全书共有图片约为500幅，共7印张。

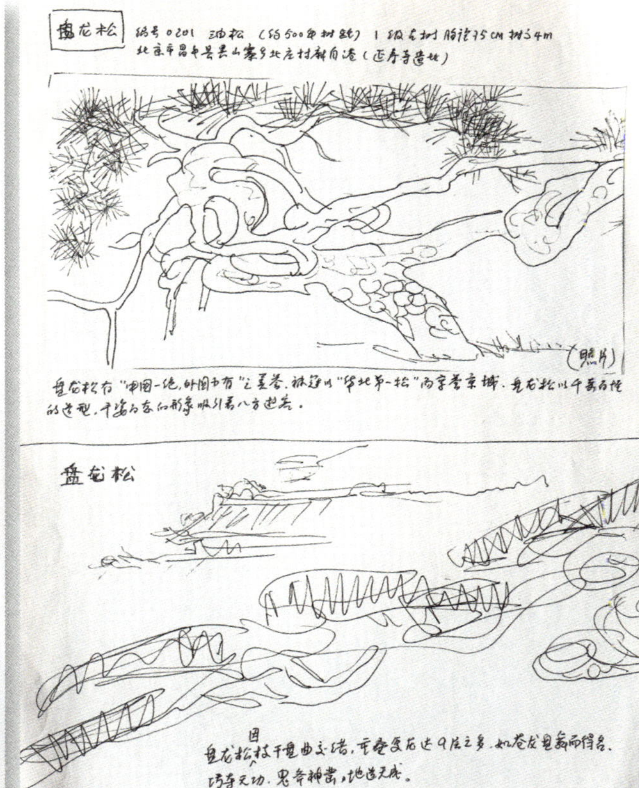

中国文联出版社选题申报论证单

《品味北京》丛书　　彩色

书　名	走近京都古树名木		字数	16GP11&	开本	大16	装帧	平装
著(译、编)者	王兴来　施海		估价			计划印数		
责任编辑	李　木	组稿人	李　木	编室	艺术	发稿时间		
稿费标准	7%	成本预测			效益预测			

责任编辑意见：(作者简介、作品特点、市场分析、其它)

北京是一座举世闻名的文化古都，人文荟萃，有着丰富的文物古迹。其中就有很多“活的文物”，即遍布京城内外的苍老献劲、雄伟挺拔的几万株古树名木。这些“国之瑰宝”是中华民族的人格写照。

本书选取北京具有300年以上树龄的古树及具有人文意义的名木100株（群），如古松、柏、槐、银杏及枣树等。通过丰富的文字、图片与插图，呈现给读者近距离触摸、欣赏与品味北京古树名木所传达出的历史文化气息。凸现北京古树名木在北京的历史、文化、民俗、考古、园林、旅游等方面所占有的重要地位。

每株古树配有树木编号、文物级别、种类特点、所在地区、民间传说、交通路线等文字资料，并配有彩色照片，水墨插图与资料照片相结合，全书共有图片约为500幅。

这是一本集人文景观、科学知识与艺术欣赏，具有收藏与实用价值的作品。

作者简历：

王兴来　北京人，北京电影学院编辑，曾主编《中国动画漫画系列教材》，著有《风景速写技法》、《生活速写画法》等。

施　海　北京人，曾在北京市林业局林政处处长，长期从事古树名木保护管理工作，曾主编《北京古树名木志》，现任林业总站站长。

建议列入出版计划

签字：李木　　年　月　日

策划文案之一
关于黄河三角洲文化景区开发的几点思路

王兴来

一、黄河三角洲文化景区，应该是有形的景区与无形的文化底蕴完美结合的文化实体。

除了景点的建设，景区创意初期还应将如何最大化地弘扬中华民族优良文化传统，尤其是芮城的“根祖文化”摆在首要位置。

1. 五集电影纪录片《风陵渡》（暂名）

与文化景区创意规划建设同步，应首先推出以全面介绍文化景区深厚久远文化底蕴为主旨的电影纪录片《风陵渡》（五集），在国内主要媒体与影院播映，并向全球发行。以历史再现等形式让全球华人认识风陵渡，了解芮城。

2. 撰写出版相关景点的历史、考古、民俗、文化研究等书籍。

与文化景区创意规划建设同步，着手策划、撰写、出版推介景区的权威出版物。

3. 创意、制作卡通连环画、电视动画片及电影动画片。

生动弘扬传承中华民族祖先的文化精髓，卡通连环画形式是最佳的传播方法，并以此为起点，创意、制作系列电视动画片，完成一至两部电影动画片。

4. 创意、制作集文化、民俗、风情为一体的大型歌舞表演剧。

吸取目前众多文化景点出现的类似《印象》系列的经验，利用现代科技，创意、制作一台有鲜明地域特色的文化、民俗与风情的大型歌舞表演剧，作为文化景区传统节目，在景区特设的外景演出区域演出。演员以当地人才为主，既可弘扬传承文化传统，又为当地解决就业创造条件。

二、黄河三角洲文化景区，应该是集景点景区与文化创意产业于一体的文化综合体。

目前，中国的文化创意产业正在蓬勃发展、方兴未艾。老祖宗留下的文化宝库，给我们提供了得天独厚的资源。

1. 文化景区应在政府有关部门的支持下，将文化创意产业纳入文化景区的总体规划之中。

2. 建立“文化创意产业园”，招商引资，广纳人才，带动相关产业的发展，促进当地的经济发展与文化繁荣。

三、黄河三角洲文化景区，应该是建立在深厚学术研究基础上的文化产业。

为了奠定文化景区的人文地位，首要的任务是确立“中华民族根在芮城”的命题。

1. 在政府相关部门的主持下，尽快召开有众多专家参加的学术研讨会，围绕此命题展开学术讨论，将“根祖文化”在学术上得以确定。在此基础上出版学术刊物，以此契机扩大知名度与媒体效应。

2. 若条件具备，注册成立相应的学术研究团体，以将此命题的学术研究不断引向深入。

四、黄河三角洲文化景区，应该是在遵循还原历史风貌，保持原生态前提下的再创造。

中国耕地资源十分宝贵，但一些地方却在不断浪费这不多的耕地。在景区开发上，远的不说，仅山西临汾的某广场等，占用耕地相当惊人，投资也很大，但实际效果却不理想。

1. 黄河三角洲文化景区的开发应走出这一怪圈，不以大求胜，而以奇求强，始终将原生态视为生命线。若失去风陵渡的原生态，便失去了涵养这块宝地的魂。

2. 本着修（建）旧如旧的原则，尽可能恢复原貌。新建的设施，要积极想办法隐在其中，不要重蹈那些失败景区的覆辙。

2011年6月5日于北京

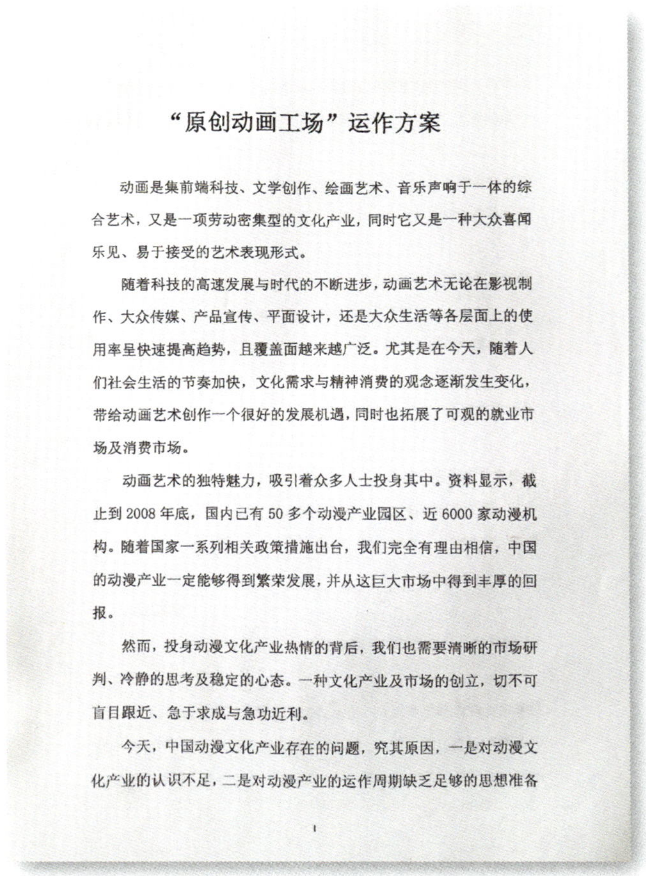

“原创动画工场”运作方案

动画是集前端科技、文学创作、绘画艺术、音乐声响于一体的综合艺术，又是一项劳动密集型的文化产业，同时它又是一种大众喜闻乐见、易于接受的艺术表现形式。

随着科技的高速发展与时代的不断进步，动画艺术无论在影视制作、大众传媒、产品宣传、平面设计，还是大众生活等各层面上的使用率呈快速提高趋势，且覆盖面越来越广泛。尤其是在今天，随着人们社会生活的节奏加快，文化需求与精神消费的观念逐渐发生变化，带给动画艺术创作一个很好的发展机遇，同时也拓展了可观的就业市场及消费市场。

动画艺术的独特魅力，吸引着众多人士投身其中。资料显示，截止到 2008 年底，国内已有 50 多个动漫产业园区、近 6000 家动漫机构。随着国家一系列相关政策措施出台，我们完全有理由相信，中国的动漫产业一定能够得到繁荣发展，并从这巨大市场中得到丰厚的回报。

然而，投身动漫文化产业热情的背后，我们也需要清晰的市场研判、冷静的思考及稳定的心态。一种文化产业及市场的创立，切不可盲目跟近、急于求成与急功近利。

今天，中国动漫文化产业存在的问题，究其原因，一是对动漫文化产业的认识不足，二是对动漫产业的运作周期缺乏足够的思想准备

1

策划文案之二：《“原创动画工场”运作方案》 2009

《经纪人资格证书》 2004

剧本习作
电影剧本《金霸王》梗概

金少山，一代京剧名师，其传奇色彩的戏曲人生亦广为流传。本片力图在尊重历史的前提下，展开金少山灿烂的一生与悲剧的一生。

清末，金少山出生在京剧花脸名角金秀山家里。金秀山视金少山为掌上明珠，关怀备至，倾尽心血培养。

金少山生就花脸的坯子，一见就会，一试便成，一招一式都显露出过人的京剧天赋。在父亲及前辈艺术家的精心栽培下，金少山一路走来，成了金家的骄傲。当高大俊朗的金少山与金秀山同台演戏时，立即引来了京剧同行们赞许的目光，在京剧戏迷与前辈的期盼中，金少山犹如一颗冉冉升起的新星，璀璨夺目。

就在金少山沉浸在绚丽的梦幻中时，他喊不出声来了，他“变嗓”了。

对于初登舞台、刚满十八岁年轻气盛的金少山来说，简直就像一场灾难从天而降，难以接受。正当金少山自暴自弃、沉沦下去不可自拔时，一个弱小孩子的几句稚嫩话语，重新燃起了金少山生活的希望……

金少山先后去张家口、哈尔滨闯荡多年，边演戏边做生意，险些被东北森林中的大雪吞噬。几年后，待他回北平为父母操办丧事时，却意外发现多年前曾点拨自己的弱小孩子居然出落成娇柔的姑娘。这时，这个娇柔的姑娘已成为金少山心里割舍不掉的情愫，他在心里久久默念着她的名字——珏。

1916年，金少山从天津来到烟台，打炮戏《失·空·斩》一举成功。金少山的少爷脾气又犯了，保镖左右，一身绸缎，架着墨镜，手提鸟笼，出入妓院赌场，金少山垮了。恰好此时珏从北京来烟台看金少山。人们发现，在珏的陪伴下，金少山在山间海边练功吊嗓。当金少山再次登台时，他的高音达到了极致，声震屋瓦，被誉为“金嗓子”。久违的观众喝彩又回来了。

金少山在烟台娶妻安家了，然而，他的妻子却不是他心中的珏……

金少山辗转南方各大城市演出，付出了常人无法想象的艰辛，饱尝了别人无法承受的盘剥。他忍受着内心世界痛苦而复杂的煎熬，在京剧艺术创作中徜徉嬉戏，痴迷游走在戏里戏外……

1926年12月10日，梅兰芳和金少山首次在上海大新舞台合演了《霸王别姬》大获成功。金少山出色地创造了花脸行当霸王项羽的艺术形象，博得了“金霸王”的称号，名震全国。金少山常常感到身心疲惫，寝食难安，每逢他稍稍静下来的时候，常会听到从心底发出的呼唤，他想家了，想故乡、想北平了。

1937年底，金少山回到了日本侵略者铁蹄奴役下的北平。满目疮痍却坚韧不拔的北平敞开双臂欢迎金少山的归来，金少山决心奉献给饱受蹂躏的故乡人们以欢乐，哪怕是暂时的也好。

金少山组建了以花脸挑班的“松竹社”，成了京剧花脸挑班第一人。故乡给予金少山热情的支持，“松竹社”在发展壮大，金少山的京剧舞台艺术成就达到了顶峰。

身在上海的珏夫妻经常吵架，最后竟动起手来。珏在一个大雨滂沱的夜晚奔出家门……

此时在北平的金少山端茶杯的手不觉一震，手中的茶杯应声摔下……

病床上，虚弱的金少山兴奋地捧着好友翁偶虹特意为他写的剧本《钟馗传》，深深为钟馗所感动，恨不得立即投入排练。

1947年，金少山再次回到上海演出。当他从珏的佣人手中接过当年他赠给珏的玉如意时，悲恸欲绝，他连喊着珏的名字，踉踉跄跄冲向大雨中的外滩，将如意连同珏幼时留给他画有仕女与脸谱的两粒石子一同投向黄浦江。金少山木然地在大雨中站立着，任凭风雨肆虐。金少山大病一场。

回北平后，郁郁寡欢的金少山默默地投入到《钟馗传》的排练中。

1948年8月，正当《钟馗传》即将上演的时候，金少山却在自家宅院开满槐花的老槐树下站立着死去，享年59岁。

此时离北平解放还有不到半年时间。

注：电影剧本习作《金霸王》，是根据《十全大净金少山传奇》（徐世光、卢子明著）改编，由王兴来、李汉平编剧，王兴来执笔。

《我的一九六八——北京籍战友入伍四十周年纪念文集》（上、下） **新华出版社** 2008

纪录片《我的一九六八——北京籍战友入伍四十周年纪念》 2008

《我的一九六八》前言

从1968至2008的四十年，在历史长河中仅仅是短短的一瞬，但却是我们这一代人青春生命的精华所在。

我们无悔无愧，因为我们的宝贵青春，我们的聪明才干，甚至我们的健康和生命，都献给了戈壁、荒漠、深山、海疆，献给了当年被人们认为极其神秘而又神圣的崇高事业——中华人民共和国的航天科技。

“死在戈壁滩，埋在青山头”，这曾是我们当年的壮语。

“献了青春献终身，献了终身献子孙”，这曾是中国航天人的大写意。

从我们参加过的第一颗“东方红”人造地球卫星升空，到今年“嫦娥一号”卫星绕月飞行，这里有着太多太多的故事和情结让我们激动、让我们自豪，成为我们记忆中无法忘却的诗魂。

《我的一九六八》战友文集和老照片集，历经一年的筹备，在战友们的鼎力支持下，现在出版了。文集中有散文、诗歌、剧本、日记和一些尘封多年的老照片。

当年的文章、日记或许显得幼稚可笑；

当年的散文、诗歌或许缺少韵律、不谙章法；

当年的老照片或许显得没有层次，早已模糊不清……

但这历史的记录却是真实和不可复制的。

这就是我们当年那一代年轻战士的精神风貌和心路历程。

军旅生涯曾是我们的一段重要人生，它把我们与国防、航天、科研、祖国和民族的命运紧紧相连。生命中的这段历史，已在我们的灵魂深处打下深刻烙印，骨子里镌刻着不可磨灭的军旅情结。

壮哉，我的一九六八！

纪录片《我的一九六八》解说词（节选）

撰文 王兴来

岁月如梭，抹不去那一段平凡而辉煌的经历；

时间荏苒，挥不掉那一丝深情而绵长的情愫。

几十年来，有一群人，一群也曾血气方刚、风华年少的老战士，每每遥向祖国西北那片曾是极为神秘的戈壁大漠，总是心潮激荡，魂牵梦绕。

2006年7月，在时隔近四十年后，我们1968年2月从北京参军的部分老战士，终于踏上了这片令人骄傲的土地，这个地方就是中国酒泉卫星发射中心。望着眼前熟悉而又陌生的茫茫戈壁，我们眼里闪动着泪花，仿佛又回到了当年。

我们采撷束束鲜花来到东风烈士陵园，看望把鲜血和生命无私留在这片戈壁的战友们，拜谒为我国强大国防呕心沥血的聂荣臻元帅陵墓。

此刻一阵清风低低划过，悄悄移来一片云，大大的雨滴顿时洒落下来。

我们搜寻着久远的记忆，极力找回当年的感觉和印象。我们飞快地将大脑中的黑白底片与彩色现实进行比对，除了东风基地大礼堂还敦敦实实立在面前外，几乎一切都是新的、陌生的。然而我们的心却是暖暖的。

几十年过去了，昔日的东风基地已发展成为今日的中国航天城。

广袤的大戈壁

凝铸了中国航天战士攀登高峰的胸怀；

开阔的大视野

造就了中国航天战士刺破天穹的魂魄。

我们来到了“东方红”卫星升起的地方。

朋友，当年正是这里为中国“两弹一星”画上浓重的“句号”，是这里拉开中国航天事业的大幕，点燃了中华民族飞天的理想。虽然今天它已锈迹斑斑，然而它在我们老战士眼中永远是顶天立地、叱咤风云的英雄。

老战士们久久地沉浸在幸福的回忆中。

中国航天事业取得了骄人的成绩，这里已是世界航天史举足轻重的地方。作为曾经为之奋斗、为之献身的航天老战士无不感到自豪。

几天来，我们忘情地在基地奔走，恨不得再多看一眼胡杨林、弱水河，再与我们曾朝夕相处的窝窝骆驼草、簇簇红柳和片片沙枣林亲近。

我们眼里涌满泪水，而心里却是甜甜的。

清晨，我们就要离开。

记忆中的一九六八，曾是那么遥远。

再见了，十号。

再见了，东风基地。

再见了，我的这片热土。

我们怀着依依惜别的心情离开。

我们久久地回望，回望我们曾真诚地抛洒汗水、献出青春的东风基地。

我们默默地珍藏，珍藏我们今天的美好时刻，永远嵌入我们的记忆中……

电视连续剧《天边那片胡杨林》

编者的话

自2005年开始，我们一群老兵，回忆起四十年前在大漠戈壁艰苦的部队生活时，产生了以中国第一颗人造地球卫星在我们手中成功发射为历史背景，编写一部电视剧本《我的一九六八》（原名）的创作冲动。

故事着力展现那一代青年人抱定为国献身信念、义无反顾地投入到人民军队中的英雄气概，以及他们如何从一个大城市青年学生到一个合格军人的心路历程。

我们感到，在人民共和国成立初期百废待兴的艰苦岁月，即将建设强大国防摆在突出位置，这是一个具有超越时代前瞻性的伟大战略。正如邓小平在80年代说过的，如果60年代以来中国没有原子弹、氢弹，没有发射卫星，中国就不能叫有影响的大国，就没有现在这样的国际地位，这些东西反映一个民族的能力，也是一个民族、一个国家兴旺发达的标志。

“东方红”卫星的发射，标志着中国航天事业的发端，具有重要的里程碑意义。多年来，还没有被文化艺术品，尤其是影视作品所反映。在那段极其艰苦的年代中，为此做出默默贡献的无名英雄们的动人故事，亦有随着历史车轮的前进而长久以至永远地被遗忘的可能。

我们是属于那一时代的，有责任，更有义务为其讴歌。

这是那一时代的共同声音。

我们的目的，就是为这些默默无闻、无私奉献的英雄造像。

回顾昨天，历历在目。虽远去，却永存；虽平凡，却难忘；虽默默无闻，却惊天动地；虽朴实无华，却不可再生。

《天边那片胡杨林》以我们的亲历为素材，以身边的战友为原型，静静地叙述一批默默战斗在光荣岗位上无名英雄的成长故事。

我们珍视这一极其宝贵的精神财富，并将她奉献给广大观众。

我们带着一种朴素的期许，对于过去那一代青年人，是自豪与缅怀；对于今天这一代青年人，是激励与向上。

我们相信，这些远去的历史，远去的人物，必将引起今天人们的浓厚兴趣与些许反思。

经过数次加工，电视连续剧《天边那片胡杨林》剧本已于2016年2月完稿。

电视连续剧《天边那片胡杨林》，由王兴来与张明担任总策划，由王兴来与张明担任编剧，王兴来执笔。

参与策划的战友是（按姓氏笔画为序）：

马达明、王长健、王月明、王志兴、孔祥照、史国江、关保昌、李大军、李文凯、李虹、岳龙山、张文杰、张春山、陈治国、金玉华、高春生、高援朝、郭东征、韩洪恩、鲁宝恒、路国德。

天边那片胡杨林　**额济纳旗** 2010

自左至右：北方牧人、冷吾、蓝月、圈主绿影、冷吾老伴、戈壁石、云中书、兰亭远山　2010

胡杨（速写）　2010

作者在写生　2010

作者　1969

又回东风

10月11日晚，东风航天城。

继2006年7月，今天我又回东风。

早在一个月前，我试探地给圈主绿影留纸条，表示这次顺路再回东风看看，很想会会老博友、老战友。很快收到圈主绿影的“邀请函”，其热情超出我的预料。同时，我也将自己要回东风的信息告知博友北方牧人、戈壁石，同样获得“欢迎”。

当我们如约来到东风，立即感受到老战友们的热情、激情、动情、豪情、亲情、忘情。老战友给予我们“狂欢”似的最高礼遇，不禁又想起回到“部队大家庭”的亲切感受。

绿影、牧人、戈壁石、兰亭远山、云中书、蓝月，我们这些从未谋面的“博友”，一个个鲜活地“呈现”在面前，畅谈、畅饮、畅快。

我们欢笑着，畅谈“中国酒泉卫星发射中心新浪圈子”的昨天、今天、明天。

我们举杯畅饮，尽显我们航天人的博大胸襟与豪迈气魄。

我们有说不完的话语，道不尽的情思，洋洋洒洒、畅快淋漓。

昨天我们在“圈子”里相识，今天我们在东风航天城相知。

东风情结把我们连在一起，胡杨精神让我们走到一起。

虽然，相会短暂，友情却应久远开去。

选自卸甲山人王兴来（原冷吾）2010年10月21日“新浪博客”

十月胡杨　**额济纳旗** 2010

东方红卫星升起的地方（速写） 2006

作者在写生 2006

东方红卫星升起的地方 2010

电影剧本《五圣山》编者的话

电影《五圣山》是以一位派往五圣山的战地摄影师九死一生的叙述与一幅幅战地摄影作品导入，客观记录了上甘岭这场伟大战役的发生、发展与结束，见证了发生在身边平凡而伟大的中华好儿女的献身精神。

电影《五圣山》将运用现代科技，完整再现近六十年前发生在朝鲜五圣山伟大的上甘岭战役宏大战争场面，塑造在抗美援朝战争中的中国人民志愿军的英雄群体，解读发生在五圣山的这场伟大战役经典的指挥艺术。

作品将我们带入这场艰苦卓绝的惨烈战争，如身临其境般感受难以置信的战争场面，近距离体味战争中伟大人性的永恒主题。

作品拟为上、下两部。

电影剧本《五圣山》大纲（节选）

1951年4月的一天，中国东北地区鸭绿江边的安东市警报长鸣，美军出动多架飞机，疯狂轰炸安东市区，炸死、炸伤三百余人，炸毁数百间房屋，炸断鸭绿江大桥……

恰在安东采访的某报摄影记者向华，躲在垮塌房屋旁，无意中拍下了“在炸弹即将落下的千钧一发之际，母亲哭喊着扑向身边蹒跚学步的孩子”的瞬间。这一刻“定格”为永恒。

二十二岁的向华自小就泡在父亲在东四开的一间影楼里，北平解放，向华当上了一名摄影记者。

《千钧一发》一时激发了广大读者巨大的爱国主义热情。

1952年2月，向华奉报社指派赴抗美援朝前线执行采访任务。临行前，向华的女友害怕向华此去凶多吉少，断然结束了与他长达三年的恋情。向华拾起她遗落的一块沾满泪痕的粉手帕，心头蒙上一层阴云。

1952年3月的一天，经过短暂的培训，向华出现在第二批赴朝作战的志愿军队伍中。桥头，军乐队奏起《中国人民志愿军战歌》。浩浩荡荡的中国人民志愿军队伍走在鸭绿江大桥上，一个个年轻战士从镜头前缓缓掠过……

回望远去的安东，向华有些悲壮。向华耳边响起部队出发前志愿军官兵喊出排山倒海般的誓言：我们是中国人民志愿军。为了反对美帝国主义的残暴侵略，援助朝鲜兄弟民族的解放斗争，保卫中国人民、朝鲜人民和亚洲人民的利益，我们志愿开赴朝鲜战场，与朝鲜人民并肩作战，为消灭共同的敌人，争取共同的胜利而奋斗……

太阳西斜，向华、文忠爬上了597.9高地。劫后的五圣山一片死寂。阵地前光秃秃的，到处冒着黑烟，惨烈悲怆。向华跃进一个深深的弹坑内观察情况，并悄悄趴在发烫的高地上举起了相机。九连长立即派通信员火速赶回师指挥所汇报高地情况，并嘱他要一定活着回来。九连长交代文忠，师长告诉我，一定要我照顾好向华同志，现在，我把他交给你了，你要用你的生命，保证他的安全。

黑压压的敌人又向高地发起了冲击。坑道里，文忠拉住要往外冲的向华，从现在起，你的行动要听我的指挥，你是来朝鲜采访的，不是让你来玩儿命的。

战斗间隙，战士们在阵地前横七竖八的阵亡者中寻找战友的遗体，抬进坑道。看着面前惨烈的场面，向华眼前闪出令人震撼的一幕：一个战士用刺刀插入了敌人的心脏，而他背后却被另外一个敌人刺中，这个敌人刺刀还没拔出来，又被我另一个战士从侧面将他刺死。这个战士的刺刀虽然拔了出来，又被别的敌人用枪打死，而这个敌人也和他们倒在了一起……

向华、文忠愤怒地将敌人的尸体抛下山去。

0号阵地。美军凭借由四个地堡组成的子母堡竭力抵抗，万福来身边已经没有一个战斗员了。跟随张广生的营部通讯员黄继光、六连通讯员吴三羊与肖登良一起请战。张广生立即将这三人编成一组，指定黄继光为班长，去完成爆破任务。临行前，他们把祖国人民赠送的钢笔、笔记本以及在战场上荣获的纪念章、立功奖章交给首长，又将身上仅有的十余元钱拿出预交了团费。黄继光：请告诉祖国人民，听我们胜利的消息吧……

黄继光三人带上武器，向0号阵地冲去。吴三羊牺牲了，肖登良在滚动爬行时负了重伤，黄继光继续爬行，离地堡八九米时，黄继光中弹倒下。黄继光咬紧牙关向前爬了几米，将手雷投向地堡。黄继光晕倒。

主堡机枪不响了，部队向0号主峰阵地冲击。敌人的一挺机枪又响了，冲击又造成伤亡。黄继光向后面招了招手，挣扎着站了起来，张开双臂用自己的胸膛堵住了主堡的射击孔……

597.9和537.7高地全部阵地收复。

2009年的一次偶然机会，结识了曾担任秦基伟上将警卫员的杨在伦先生，就此开启我们“为父辈造像”之路。十几年来，我们合作完成了《秦基伟将军》《五圣山》（又名《上甘岭战役》）《三十二号院的故事》等多部影视剧作。

向华与文忠火速赶到英雄献身的地方。向华想为英雄黄继光拍下最后的遗照，英雄已被临时下葬，向华未能如愿。向华跪地，在英雄墓前恸哭……

1953年7月27日晚8时，离晚10时停火协议正式生效仅两个小时，双方用炮火示威，火光冲天，震耳欲聋，好像要把手中所有的炮弹都甩光。

晚9时。炮击突然停了下来，霎时寂静，静得有些怕人。指挥部命令，上甘岭部队做好战斗准备，以防敌人利用停火前的间隙发动攻击。全副武装的部队贴近山体、坑道。静静地警惕待命。空气紧绷，令人窒息……

晚10时。连长放下电话：停战了，解除武装，大家都快出来透透气。战士挪出坑道，有的迟疑，有的欢呼“能活着回家了！”

前方山头出现灯光，五圣山山头的灯光都亮起来了。突然，五圣山上空回荡“胜利了，胜利了，我们胜利了！”

欢呼着的战士们跃出战壕，呼喊着，跳跃着，沉浸在抗美援朝胜利的狂欢中。

震撼人心的枪声、炮声四起，五颜六色的照明弹、曳光弹，照得满山遍野一片通红……

电影剧本《三十二号院的故事》（节选）1

214“文化大革命”初期影像资料

叠印：1966年8月19日，昆明10万群众举行盛大集会，庆祝“无产阶级文化大革命”。

215 军区大院/司政楼 日 内

军区党委扩大会议正在召开。

窗外不时传来《造反有理》的歌声……

将军：同志们，现在到了紧急时刻，那些坏分子打着造反派旗号，已经开始冲击国家机关和我们的领导干部。他们不时地批斗政委，而且批斗会一开就是一整天，政委都快60岁了，又有高血压和心脏病，造反派不让他吃不让他喝，也不让他休息。这样下去不行！我们一定要保护好我们的好领导，保护政委！

面色凝重的与会者齐刷刷地举起了左手……

216 司政楼 日 内

会议室被冲进军区大院的造反派布置成了批斗会会场，巨大的横幅白纸黑字：打倒保皇派×××大会。

将军被戴着报纸做的圆筒带尖的高帽，一块写有保皇派、人名上画有叉叉的牌子挂在将军胸前，两个造反派架着将军的两臂，用力把将军的头向下压去（俗称“喷气式”）。

不大的会议室挤满了造反派，他们扯着嗓子喊着口号。

217 司政楼 日 内

大个子在门外焦急万分，踱来踱去。

突然，屋内口号声戛然而止。

一片寂静。

大个子挤过人群——

大个子：首长……

大个子的大嗓门呼唤惊住了全场。

将军瘫卧在地，昏倒休克。

大个子向周围的人怒吼着——

大个子：你们退后，你们别动！

大个子冲上前，熟练地将手中的硝酸甘油放进将军嘴中。

大个子对周围造反派发出怒吼——

大个子：你们，你们谁也不要动他，要是谁动，老子枪崩了他！

巨大的威慑力令现场窒息，顿时鸦雀无声。

大个子飞也似的冲出会议室大门，身后是被撞倒的造反派红卫兵。

大个子扶楼梯滑下，蹿出小楼。

218 军区大院 日 外

高清慢动作：

耳边是呼啸的风声，身旁一片虚无破碎的色块光斑……

耳边是大个子的急促喘息声，大个子极度扭曲的脸……

路上惊呆的人们纷纷避让。

大个子一路嘶叫：让开！让开！让开！……

声音如雷，天地回响。

219 32号院 日 内

大个子跑回32号院，三步两步蹿上楼，踢开将军卧室房门，拎起氧气瓶折回……

将军夫人失魂落魄，先是惊悚，转而大哭着追出门外。

220 司政楼 日 内

将军面无血色，安静地仰卧在会场地上。

大个子手拎着氧气瓶闯进来，熟练地将氧气管插入脸色苍白的将军鼻孔。

221 司政楼 日 内

窒息的空气，混乱的批斗，零乱的现场，四散的造反派红卫兵，散发在空中的传单在将军脑中变幻旋转……

将军醒过来了，抬着担架的医护人员围拢来。

将军夫人在哭嚎……

人们没有注意，此时大个子已瘫软在地。

鲜血从大个子撕烂的裤腿中渗出……

222 32号院 日 内

将军坐在楼前的躺椅上晒太阳，消瘦的、憔悴的面容。

将军夫人坐着小竹凳守在旁边。

将军深情地看着夫人，一丝怜悯挂在脸上——

将军：你看，我又让你挂心了。我知道，我这个人毛病很多，尤其是我的脾气，惹了家人，也惹了我身边的人，你们都能原谅我，不和我计较。可我惹了旁人，那就是另一回事了。他们造反派知道什么，都是年轻人，都是些孩子，就是受我们军区内部某些人的蛊惑挑拨，当然，也不完全是因为这些，还有一些报复性质。

将军夫人：不要想太多，要把身体放在第一位。我担心这样下去，你会吃不消的……

将军：嫁给我，太委屈你了。现在，我不能为你遮风避雨，而却让你为我担惊受怕。是我对不住你，我欠你的太多了。没办法，谁让你跟了我呢。

将军夫人：我不后悔，相反我很满足，身边有一个老革命，一切都很踏实。

将军：可现在的形势很难判断，哪天被他们革了命去也说不准。你要有一个思想准备，万一我先走了，你要把孩子们看护好，看着他们长大成人。革命不能没有接班人！

将军夫人：不准你这么说，我们要死一块死，要活一起活，谁也不许丢下谁！你看这次，要不是大个子，你就撇下我们走了。

将军：大个子的腿伤得厉害不？我还没来得及问他呢，只见他一瘸一拐的。听他们讲，那天大个子太凶了，愣把一屋子人给镇住了。他还真有本事，不仅能拍桌子，还能控制住形势，嘿，我小瞧他了。

将军夫人：大腿划了一条血口子，挺深的，缝了二十几针。那条裤子也撕碎了，可能因为急，他硬是从楼梯扶手滑下来的。那天，我正准备去会场，大个子一脚踹开房门，拎起氧气瓶子转身就跑，等我跟出去，他早出了院门，还一边跑一边喊的，我害怕死了……

将军无语。

将军夫人默默地看着身边的这个男人，两眼晃动着泪花。

电影剧本《三十二号院的故事》（节选）2

230 32号院院内 日 外

叠印（旁白）：政委一死，昆明更是大乱。军区造反派对将军的批斗也更加升级。北京传来贺龙被打倒的消息后，将军又被扣上了贺龙“黑干将”的帽子。造反派提出：不把将军打倒，誓不罢休。很快，将军的家被抄。

将军佯装轻松回到32号院。

空空的院落，狼狈萧条。

惊恐的将军夫人与孩子们挤在楼门口，外婆茫然落泪。

警卫班战士走了，勤杂人员不见了。

231 32号院院内 日 内

将军找来找去，只见大个子在厨房做饭。

将军：大个子，你怎么不走？难道你不怕吗？

大个子：首长，我是你的警卫员，再说，我也是这家里人啊……

232 昆明干海子某师驻地 日 内

干海子某师驻地是将军临时办公地。

将军在里间打电话，声音时有时无。

外间，几个参谋在一起讨论什么。

大个子从外边进来，肩上的大挎包格外显眼。

大个子走进里间，我们听到将军的话语——

将军：大个子你真行，一下弄了这么多，这下我们的游击战斗组不愁没干粮了。呵呵！

233 昆明干海子某师驻地 夜 外

干海子某师驻地。

将军临时办公地。

一辆黑色轿车悄然驶进，停在一座楼的后门。

片刻，从楼门走出将军，大个子提着个行李箱走在后面。

迅即，他们钻入黑色轿车。

叠印：1967年2月12日

黑色轿车默默开出驻地。停在门外的一辆吉普车发动，远远地跟在黑色轿车后面。

234 昆明军区大院外 夜 外

一辆黑色轿车借着夜色在军区大院大门前放缓了车速。

235 黑色轿车 夜 内

坐在车上的将军，默不作声。

大个子警惕的目光。

将军突然回头，朝着军区大院门口看去，深情而贪婪……

将军在黑暗中挥动着拳头。

大个子（画外音）：首长蓦然回首，望着身后远去的熟悉院落，脸上闪过一丝苦笑。谁又会想到，自此一别，首长一生再也没能回到这里，再也没能回到32号院……

236 昆明军区大院外 夜 外

黑色轿车加速，消失在大街尽头。

片刻，我们眼前闪过那辆吉普车，向着远去的黑色轿车驶去的方向开去……

237 昆明 夜 外

我们从空中看去，在吉普车刚刚开走的公路上，迅速集结了黑压压的人群，他们搬动着木桩、桌椅等杂物堵路设障。

几辆载着造反派的卡车开足马力向远处追去……

238 昆明某军用机场 夜 外

某军用机场。

造反派涌来拦截。

载有将军的军用飞机腾空而起……

叠印（旁白）：1967年2月12日，周恩来总理派飞机到昆明，以治病为名把首长接到北京保护起来……

中华人民共和国成立以后，云南昆明市西郊的一片地区划归为昆明军区使用，即“昆明军区大院”，亦称“解放新村”。本片所指的“32号院”是军区大院的一处别墅，即“解放新村32号院”。本片主人公在此居住生活十余载。
杨在伦先生多年后重返解放新村32号院并提供该照片。

李久元师傅（速写） 1973

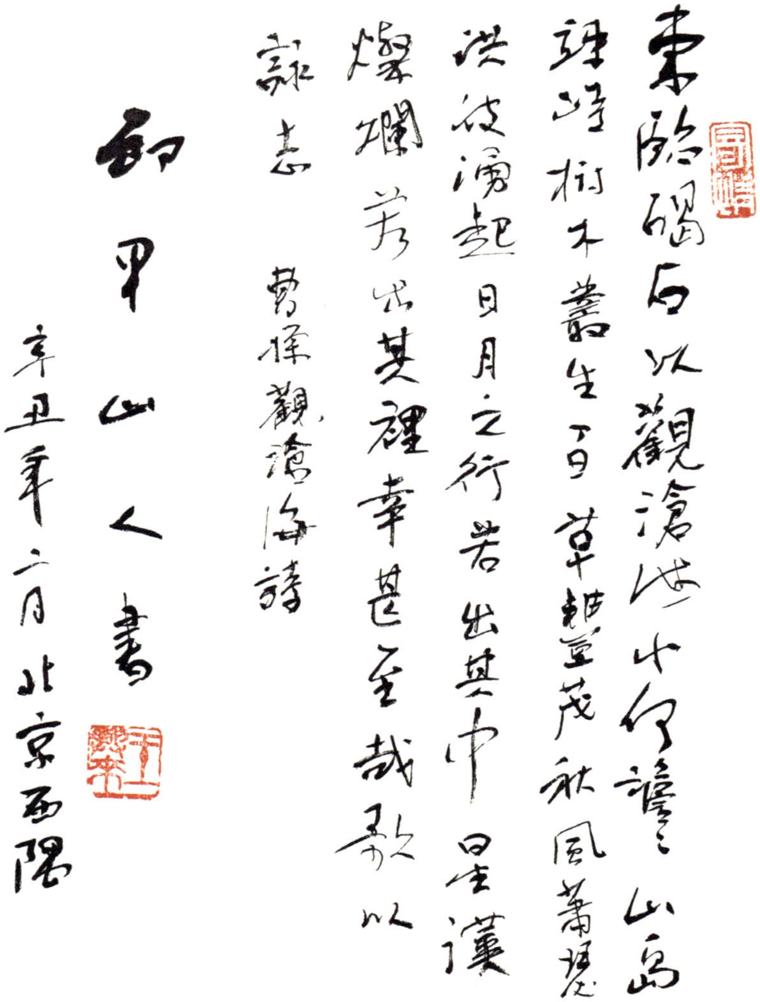

习作《观沧海》 2021

写好字是天经地义的事，中国人就要写好中国字。记得我小学低年级时，还保留用小楷写作文的规矩。

真正接触到字帖，是我十六岁上美院附中时的书法课了，临习的是欧阳询的《九成宫醴泉铭》，方才把写字与书法联系起来，可惜，我却没能把临帖坚持下来。

直到20世纪70年代在机床厂工会工作时，因经常用毛笔字写诸如通知之类的东西，厂俱乐部图书馆的李久元老师傅对我说：大家都爱（nai）你的字，好好练下去。我才真正意识到，是该把临帖再拾起来的时候了（至今我还珍藏着李师傅送给我的几方镌刻精美的印章）。

不久我发现了米芾，便很快就喜欢上了。有一次去荣宝斋，见到一部刚发行的八开本上海书画社出版的《米芾墨迹三种》（1973年10月出版），久久翻看，爱不释手。

我买下了我的第一部米芾字帖。

自此，米芾的《虹县诗》《多景楼诗》及《研山铭》帖便成了我百读不倦、百临不厌的“第一帖”。

临习《虹县诗》 2016

1971

1972

《速写人生——王兴来五十年速写作品选》
中国轻工业出版社 2015

1972

1973

《速写人生——王兴来五十年速写作品选》，是作者继《风景速写技法》（1991年出版）、《生活速写画法》（1993年出版）及《风景速写技法》（修订版）（1995年出版）之后出版的第四部速写类图书。

本书精选了作者自1962至2014年五十多年间的速写作品五百余幅，充分展示了作者运用钢笔、毛笔、铅笔、炭笔、炭精棒、圆珠笔及马克笔等工具的速写表现技法。

结合自己的速写艺术实践，作者以“经验之谈”的形式，叵答了读者在学画速写过程中容易出现的诸多问题，相信读者将会从作者跨越人生五十年的速写艺术实践中得到些许启示。

1974

速写与速写功能

速写，通常是指画者较快地抓取被画对象造型特点的一种绘画手段，有人也将其称之为学习造型艺术的有效途径。然而我以为，速写既是一种学习造型艺术的手段与途径，更是一个画者充满创作激情所完成的艺术画种。

记录功能。由于速写大多是面对被画对象的这一特点，除了画者会在速写过程中不断提升自己的造型能力外，速写作品的记录功能就显得格外突出。一个人物、一个场面或是一个景物，不多工夫都会尽在笔端，凝为永恒。

审美功能。由于速写大多在现场快速完成，观者会透过速写作品灵动的线条、激越的色块以及夸张的节奏，由被感染至产生共鸣进而达到审美愉悦。

1978

你要有双“透视”眼

常听人说，不愧是画画的，眼真“尖”。这里的“尖”是对画者眼力的肯定。

画者，不但要逐渐养成“过目不忘”的本事，还要练就一双“入木三分”的“透视”眼，在速写实践中努力做到透过表象，探求内在，反之，依据内在，刻画表象。

画人物，透过衣服，对应人体结构、肌肉走向、运动规律；画景物，透过外表，对应其内部结构、透视规律。要做到这些，如果没有“透视”眼，是万万不行的。

世上本无线

画速写，通常会多用线条，尤其在中国画中，线条被表现得淋漓尽致，其实在现实中，没有任何一个物体是用线“勾画”出的。

画者笔下的线条，是物体某个面的体现，或者说，线条被赋予某种素描关系更为准确。所以，有了这个概念，我们就会在线条的运用上注意区分，力求做到轻重缓急，粗细有别。

1990

好速写是来自激情吗

回答是肯定的，好速写首先来自画者表现对象的激情或欲望。

画者只有热爱生活，热爱大自然，才能在生活中发现美，才能在大自然中寻找美，才能满怀激情表现美。

透过那一根根富于张力的线条，我们似乎看到了画者的手在颤、心在动，感受到画者作画时忘我的境界。

没有激情，画不好速写，而没有激情的速写则不是好速写。

1982

心中先有“设定”

画速写，贵在先有“设定”。

所谓“设定”，首先，就是你要表现什么，换句话说，就是什么吸引了你；其次，你如何表现，包括画什么，用什么画；还有，就是你要迅速“设定”构图，“闪现”你的速写效果，成竹在胸。

此时，你的速写也已成功一半。

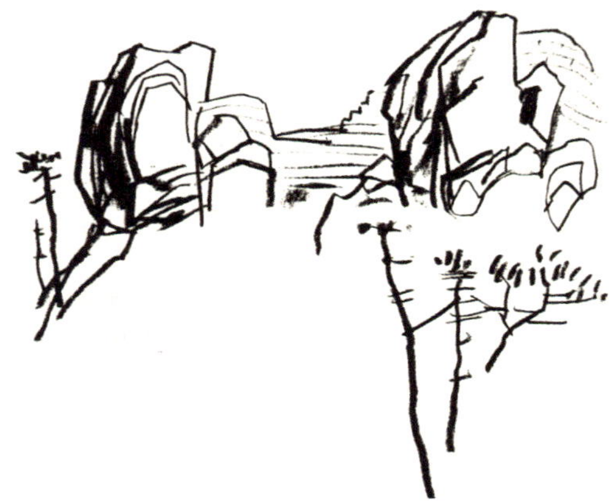

1989

1998

宁缺几笔，不多一笔

宁缺几笔，不多一笔，画速写最讲究准确洗练。

初学者经常会出现“眉毛胡子一把抓”，不经选择地“看到什么画什么”，原因是缺乏对表现对象的仔细观察与深入认识，缺了提炼的环节。

没有提炼，就不可能洗练。

朴拙与油滑

我们知道，初画者宁可画得生涩，也不要有半点儿油滑。如同师傅教徒弟，宁愿收什么也不会的徒弟，也不愿教“半瓶醋”的徒弟一样，因为油滑是很难改过来的。

初画者的油滑，常表现在学了那么几手儿，却毫无选择地到处泛滥，以致画面没有了生气。初画者一定要以此为戒，不要染上这种令人生厌的毛病。

朴拙是任何一个画种的美学追求。朴拙就如一位儒雅的老者，每言每行都是那样的令人仰慕。做到朴拙，不是一朝一夕的事，却也不是遥不可及的。只要循着艺术规律扎实前行，朴拙是会“不请自来”的。

1990

2004

1975

整体观察与整体造型

速写的第一步，是对被画对象的整体观察，找出其整体造型特点。

然而，一些初画者在观察对象时的目光，很容易被对象的某些局部扯开，诸如色彩、线条的干扰，阻断了完整感受的神经。

2000

2002

2003

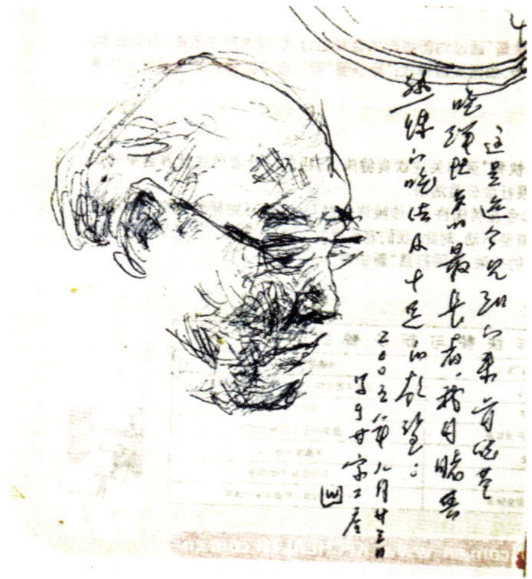

2005

享受速写

享受速写，就是享受速写的创作过程。

当速写成为一种享受，你的速写定会达到一个高层次水平。

画笔在你手中，或狂奔、或急停、或旋转、或游动，如彩绸飞舞，似铁杵磨针，时而疾风暴雨，时而轻步慢踱……

我要大声告诉你，来享受速写吧！

抓住动态线

画动态中的人，一定要看准动态线，并要下笔果断，由于它转瞬即逝，无从找寻。

动态线是指人在运动中所呈现的具有决定性的形体变化，其中以贴紧躯体部分为主动态线。

动态线的训练，应以研习人体结构为前提，首先找出决定动态的躯干运动规律，再逐渐了解各关键部位的结构关系。透过外在，洞悉内部，多观察，多练习，一定能画好动态线。

需要注意的是，画动态线时切勿忽视了人的重心，是前是后，或左或右，一定要把准。否则，没了根基的人会“失重”的。

衣纹的诱惑

衣纹，古今中外画者都有过经典表现。

衣纹以其变幻无常的状态呈现在画者面前，或飘逸，或厚重，或简，或繁，具有“惊人”的诱惑力。

但是，我们一定不要被其迷惑，那种一味追求衣纹线条的表现而忽略了人的结构转折部位及动态规律的倾向，应引以为戒。

我们应抓住各主要关节点的衣纹变化，不可被“迷人”的衣纹诱惑。

2010

西双版纳打洛-1（速写） 1988

西双版纳打洛-2（速写） 1988

独木成林 **西双版纳打洛** 1988

云南大理白族民居（速写） 1988

西双版纳打洛-3（速写） 1988

西双版纳打洛-4（速写） 1988

注：1988年去云南西双版纳边境写生时，要开具单位介绍信。
这次由当地文化部门派玉香遍女士陪同前往。

作者在周庄　1992

江苏周庄-1（速写）　1992

江苏周庄-2（速写）　1992

江苏周庄-3（速写）　1992

江苏周庄-4（速写）　1992

广西漓江-1（速写） 1986

广西漓江-2（速写） 1986

广西漓江-3（速写） 1986

广西漓江-4（速写） 1986

作者在漓江机帆船上 1986

注：第一次坐游轮走漓江，因船速太快无法写生，后改搭机帆船逆水而上。
船在江上行，人在画中游，我画出了不一样的漓江。

泰山（速写） 1982

嵩山（速写） 1982

恒山（速写） 1985

写生途中 **河南少林寺** 1982

注：我给自己立的规矩，到名山写生或游历，必须从山脚徒步攀登至山顶。“风景是走出来的”，不然，何谈“搜尽奇峰打草稿”。

衡山（速写） 1986

华山（速写） 1982

黄山-1（速写） 1992

黄山-2（速写） 1992

黄山-3（速写） 1992

黄山-4（速写） 1992

黄山-5（速写） 1992

黄山-6（速写） 1992

黄山-12（速写） 1992

黄山-7（速写） 1992

黄山-8（速写） 1992

黄山-9（速写） 1992

黄山-10（速写） 1992

黄山-11（速写） 1992

作者在黄山 1992

注：1992年去黄山写生前开了单位介绍信，没料到真的派上用场。黄山北峰招待所住宿很紧张，更别提就餐了。黄山北峰招待所负责同志却安排我免费住宿就餐，还特意关照“四菜一汤”。三十年过去了，借此再次感谢黄山北峰招待所“宾至如归”的接待。

嘉峪关（速写） 2006

故乡长城（速写） 1994

长江三峡（速写） 1984

长城第一墩（速写） 张掖 2006

西北风（速写） 2006

苏州码头（速写） 1980

山西王家大院-1（速写） 2007

西双版纳曼听公园（速写） 2016

山西王家大院-2（速写） 2007

安昌-1（水墨写生风景画） 2014

西塘（水墨写生风景画） 2012

安昌-2（水墨写生风景画） 2014

安昌-3（水墨写生风景画） 2014

作者在西塘 2012

同里（水墨写生风景画） 2012

天目山“杉树王”（水墨写生风景画） 2012

温州江心屿（水墨写生风景画） 2015

无锡锡惠公园（水墨写生风景画） 2012

无锡运河城中过（水墨写生风景画） 2012

画稿（水墨练习）

少林寺门前（焦墨写生风景画） 1982

楠溪江（彩墨写生风景画） 2015

未干稿

仙都雨雾（彩墨写生风景画） 2015

雁荡山（彩墨写生风景画） 2015

小雨情浓 **浙江丽水 徐志林摄** 2015

注：2015年10月，在浙江丽水大港头画廊写生遇小雨，老伴为我撑伞，巧被当地知名老中医、著名摄影家徐志林先生捕捉。

香樟之秋（彩墨写生风景画） 2015

茂林老宅（彩墨写生风景画） 2016

雾沁山野（彩墨写生风景画） 2016

黄田古村落（彩墨写生风景画） 2016

泾县古城墙（彩墨写生风景画） 2016

云霭仙都（彩墨写生风景画） 2015

黄田古道（彩墨写生风景画） 2016

千灯春色（彩墨写生风景画） 2017

古桥斜阳（彩墨写生风景画） 2017

小桥流水人家（彩墨写生风景画） 2017

千灯古宅（彩墨写生风景画） 2017

千灯古镇（彩墨写生风景画） 2017

千灯古街（彩墨写生风景画） 2017

老宅现“佛光” 2016

老宅（彩墨写生风景画） 2016

注：2016年8月，老伴和我回到她阔别数十年的老家，在晋南土窑里生活了近半个月。8月28日早，我们打开了老伴家祖宅的大门，这里是她的出生地。老宅的院子长满了一人多高的荒草，无从插脚。我们挥镰开了一条路，又辟出一小块空地，支起画板要画一幅《老宅》。晨光乍泄，院里充盈着温暖。老伴在一旁不停地拍照，方才发现老宅高高的石墙上现出了“佛光”，足足有五六分钟。老伴一时语塞，眼里泛着光……

老家（彩墨写生风景画） 2016

作者在晋南 2016

老窑（彩墨写生风景画） 2016

作者在晋南 2016

老梁（彩墨写生风景画） 2016

老墙（彩墨写生风景画） 2016

老坡（彩墨写生风景画） 2016

老沟（彩墨写生风景画） 2016

山西师家沟（彩墨写生风景画） 2016

作者在师家沟写生 2016

作者在黄河边 **山西碛口** 2016

陕西红石峡-1（彩墨写生风景画） 2016

陕西红石峡-2（彩墨写生风景画） 2016

陕西统万城夏都遗址（彩墨写生风景画） 2016

山西李家山（彩墨写生风景画） 2016

北京古村爨底下-1（彩墨写生风景画） 2016

作者在爨底下写生 2016

北京古村爨底下-2（彩墨写生风景画） 2016

北京古村爨底下-4（彩墨写生风景画） 2016

北京古村爨底下-3（彩墨写生风景画） 2016

湘西采风之侗寨-1（彩墨写生风景画） 2017

湘西采风之石堰坪（彩墨写生风景画） 2017

作者在石堰坪写生 2017

湘西采风之侗寨-2（彩墨写生风景画） 2017

湘西采风之红石林-1（彩墨写生风景画） 2017

湘西采风之红石林-2（彩墨写生风景画） 2017

湘西采风之边城（彩墨写生风景画） 2017

郭亮挂壁公路（彩墨写生风景画） 2017

水城绍兴（速写） 1992

又见广宁桥（彩墨写生风景画） 2018

作者在写生　绍兴 2018

绍兴广宁桥　2018

绍兴广宁桥近景　2018

画稿（彩墨写生风景画） 2018

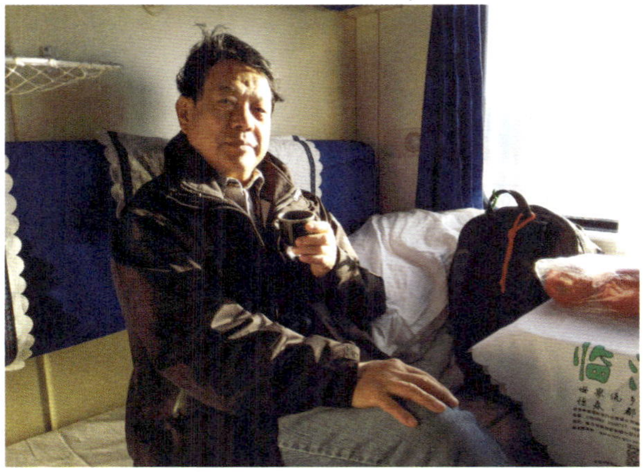

西双版纳哈尼日记

2016年1月13日—2月12日

王兴来

作为画者，西双版纳一直是我钟情的地方之一。1988年，我曾来过西双版纳写生，那里的原生态令我陶醉。多年来，我一直为那次“走马观花”感到遗憾，等待机会再去西双版纳，不是“蜻蜓点水”，而是深入下去，哪怕只是一个少数民族山寨也可。

机会终于来了。老伴的一个哈尼族学生得知此事，便邀请我与老伴来西双版纳，到她们哈尼族山寨写生。

我们在西双版纳哈尼族半坡老寨住了近一个月。

2016年1月13日 昆明至景洪

昆明到景洪560多公里，由于是山区，长途车要走上八九个小时。老伴的学生Z女来电称，等长途车到了小勐养，就要告知她，以便接站。长途车到了小勐养后，老伴不时地发微信告知到了什么地方，尽量不要影响她的工作。

天黑下来了，景洪终于到了。我们拖着沉重的行李找遍车站的几个出口，却不见Z女的影子。我有些着急，老伴劝我，可能Z女有事没办完，再等等。半小时过去了，Z女才到，我心里有些不悦。老伴问Z女：“你看到我给你发的微信了吗？”Z女却漫不经心地回答：“我把微信关了。”我听了一愣。

晚饭在一个大排档中进行。点了几个菜，却不见Z女与司机M女动筷，她们推说都不吃晚饭，听上去很新奇。

我们被拉到Z女家附近的一家小旅馆，极其简陋，卫生间竟是蹲坑。反正也不是在这儿过日子，干净安全就行。

老伴拿出高档筒装“七色麻”的花丝巾送给Z女，又拿出一瓶在北京精选的“二锅头”给她看（Z女早就说，上山住她也爱画画的三哥家。并称什么礼品也不用带，走时送张画就行了），告诉要将酒送给房东三哥。没想到，Z女一把将酒揽在怀里说：“三哥住院了，不去他家了，他有病还喝什么酒！我们家老J爱喝。”

我有些不解，既然不去你三哥处住了，我们总还要去别的房东家住吧！从北京大老远背来的酒，我们是要送给我们要去的山寨房东的，你“劫”去了算怎么回事？

2016年1月14日 景洪

早餐是在路边摊吃的面条，司机M女陪同，还为我们买了一大瓶矿泉水。因Z女仍在职，为了不影响她的工作，M女将我们送进曼听公园就离开了。

今天在曼听公园写生，直到天黑才出来。

晚餐吃傣味，有Z女两口子、儿子儿媳、亲家姐妹及司机M女。我又很新奇，她们昨天不是说“都不吃晚饭”吗？

晚上，当我们拖着疲惫的身体回到小旅馆准备休息时，打开房门后却发现房间里没有电，屋里也没收拾。找到服务员，才得知，Z女昨晚只交了100元押金，要住，就要再交两晚的房租，说每天70元。我有些埋怨了，Z女明知我们要住三晚，却只交了100元押金。我们向来不希望过多打扰别人，也无意要别人替我们付房费。

服务员态度虽恶劣，老伴还是补交了两晚房费计140元。

中午我们吃着自己从昆明带来的饼　2016

2016年1月15日 景洪

早上，Z女来小旅馆接我们到她家吃早餐，老伴将昨晚断电之事告知于她。Z女大声训斥小旅馆前台服务员，知道不，他们是中央党校的老师，你们怎么能这样对待？入住时Z女交了100元，昨晚老伴补交140元，共计240元。实际每天房费只要60元，三天共计180元，Z女要回了60元，实际为我们支付了40元房费。

在Z女家吃的，全是昨晚打包带回来的和家里原有的剩饭，这让我大跌眼镜。老伴招呼Z女的老伴老J一起吃，老J却面露不悦，说他只爱吃甜的，不吃了。噢！原来老伴无心吃了桌上唯一的一块甜年糕。老伴看着手上咬了一口的甜年糕，很是尴尬……

原本今天计划要去森林公园，Z女说，今天有几个旅游团要去，太挤不能去了，改去告庄西双景吧。我听了又很新奇，森林公园有那么小吗？

今天在告庄西双景画澜沧江，虽然晒，但还是很亢奋。

中午在一家菌菜馆吃的，作陪的多了个M女的儿子，不错。

晚上，Z女陪我们在大润发超市买了近500元上山寨带给房东的食品，包括花生油、香油、酱油、醋、辣酱、腐乳、调料及挂面、燕麦等，还有分发给房东及路遇寨民朋友的十多斤糖果。结账时，Z女为我垫了50元零钱。

晚餐在一家大型火锅店吃小火锅，气氛热烈。其中Z女的儿子儿媳给我留下很好的印象。

明天要上山了。

2016年1月16日 景洪到南糯山

早餐在Z女家吃的，依然是剩饭。临出发时，Z女从大蜜罐中倒了一瓶蜂蜜让我们带上山。

我们离开景洪上山，要先在Z女的南糯山茶园落脚。今天赶上这里盖新房"立柱"，十几个帮工在忙，我很兴奋地全程拍照。

我发现，"立柱"工地上摆放着几包烟、一些饮料，还有一盆我们刚带来的糖果供帮工享用。我有些不快，Z女怎么会私自拿我们的东西？突然，我似乎想到了什么……

天热起来了。午饭后，Z女两口子及亲家还

有司机M女等人上二楼自己的房间休息去了，却对我们老两口不闻不问，我们只好与帮工们聊天，到附近瞎转。

晚上，Z女拿来一床化纤"毛毯"，来到一楼为她看家护院的侄子的房间，在双人床脏被子上一罩，说了声"这不是挺好的"后，便出去了。

望着脏乱不堪的房间，床头柜子上及地上杂乱地摆着几双脏鞋、拖鞋、小孩臭袜子，望着那床早晨侄子一家刚刚爬出的被子，这怎么睡？！

我想发火，老伴却一直压着，不让我发作。

入夜了，我实在忍不住，质问老伴，这就是你引以为傲的Z女吗？这就是你口口声声夸赞的Z女吗？这就是那个盛情邀请甚至还埋怨我去年11月先行离杭，说是要把我们从杭州直接带回西双版纳的Z女吗？即使是1965年我到农村搞"四清"和老百姓"同吃同住同劳动"，也没有与老百姓同用一床人家刚出被窝的被子吧？你以为你是什么人？说穿了，现在你对她，已经没有任何利用价值了。你还以为她是真心邀请你，她只是嘴上说说而已。记得不，她今天还在群里喊话，邀请同学们来西双版纳过春节，转脸就对你说什么，"他们是不会来的，汉族人重视春节"。可见她只是在人前作作秀而已！包括以你的名义，用你的手机发照片，什么"亲们"，也都是在同学面前作秀。可悲的是，你却当了真。在她景洪家里，你没看出，她是犹豫再三才拿出钥匙开门，让你参观她的所谓"荣耀室"。今天来茶园，邀请你上她的二楼看"上房"了吗？没有。对你，她只是草草应付应付罢了……

老伴无言以对。

夜，很冷很冷。

2016年1月17日 半坡老寨

早上9点，Z女的侄子把我们送到了10公里外海拔1800米的"半坡老寨"。

房东原来是昨天中午聊天时已经熟识却未被Z女介绍的她的亲表弟（二弟）。二弟虽不善言辞，却显得敦厚可亲。没谈几句，就去忙着为我们准备住房，老伴忙跟了过去。

看着刚开封的床单、被罩及干净的枕巾、两床厚毛毯，还有一把小手电，老伴很感慨。

随后二弟带我们在山寨里转转。

这里太美了。参天的大树比比皆是，簇簇高大的毛竹随风摇曳，不时发出舒缓的"沙沙"音，小雀飞跃其间，山间茶林葱郁，小溪永不停歇地静静流淌，漂亮的哈尼族民居点缀在朦胧的青翠之中……

临近中午，二弟开车带我们去临寨"石头寨"吃"上新房"宴，头一次碰上几百人聚餐这种场面，甚是激动兴奋，席间也认识了几个半坡老寨的弟兄们。

返回老寨，二弟又领着我们在寨子的高处转了转，按行话，我完成了初步的"采景"。

我有些"跃跃欲试"了。

张二的茶室 **半坡老寨** 2016

路遇布大（中） 2016

“上新房”宴上的半坡老寨部分弟兄们 **石头寨** 2016

2016年1月18日 半坡老寨

一觉醒来，天还黑着。由于有早睡早起的习惯，我迫不及待走上高处，望着还挂着星星的天空，听着寂静山寨中传来此起彼伏的鸡叫声，我对自己说，从今天起，我就是这座哈尼族山寨的一员了……

二弟一家很简单，二弟与二妹育有一女，名叫明巴，招了个上门女婿小学教师小罗，还有个刚刚八岁的儿子骏超。由于正值寒假，都在家里料理自己的茶林。老房子旁刚刚建起的新房，正在等待内外装修。

今天开始“上工”。先从山寨外围画起，第一幅在山寨南端，一株酷似巨蟒的古藤飞上高高大树上下缠绕，构成一部意境神秘的“卡通片”。

南糯山村共有哈尼族山寨30个。半坡老寨是南糯山村委会下边的一个村民小组，半坡老寨现有27户132个寨民，都是靠分到的茶林过生活，这里的家家户户都很富足。由于这里海拔高，又大都是几百年的古茶树，茶的品质又好，一般情况，这里的茶树产的茶，要比山下茶园产的茶贵上10倍左右，每户平均年收入就有几十万，家家都有一两部轿车、皮卡车或电动车等。

《哈尼日记 2016 01 18》50cm×50cm

《哈尼日记 2016 01 18》50cm×50cm

从今天起，中午回来自己要点火煮面条 2016

2016年1月19日 半坡老寨

昨天是我们来到西双版纳后最兴奋的一天，这里处处是风景，人人很和善，连空气都是甜的。我们决定，不必再转去别的山寨，就在半坡寨待上一个月。

由于上午画画出行较远，我们告诉二弟，早晚饭在家吃，午饭就不要等了，我们什么时候回到家就自己点火煮挂面。

这两天已经初步适应了这种生活。

《哈尼日记 2016 01 19》50cm×50cm

2016年1月20日 半坡老寨

“巨蟒缠古树”实在太神奇了，今天决定再从另一个角度画一幅。然而比这更神奇的是，我们在坡上作画，坡下走来了两位来山寨看“茶王”的北京老夫妇，还有同行的景洪当地的母女。十几分钟的热情交谈，就像熟识的老朋友般，告别时竟又商定，2月16日他们接我们下山，就住在景洪买房的北京老夫妇家里。

真有些“他乡遇故知”之感。

《哈尼日记 2016 01 20》50cm×50cm

2016年1月21日 半坡老寨

二弟的厨房有一个大电饭煲，够蒸五六斤米饭。电饭煲总开在保温档，一天三顿米饭。好在我就爱食米，正对口味。菜总是“四菜一汤”，大都是青菜萝卜，野菜也已吃了十来种，如“光棍”菜、树头菜。大大的梗、大大的叶，又涩又苦的青菜是汤的主料。很新奇，很有味道，是山下都吃不到的东西。看来，肠胃要换一换“主人”了……

在通往山寨有名的“茶王”的小路上，经常有游客过往，据说，这株茶树有800年树龄了。我也要去画画，尤其是古树，向来是我尊崇的。

下午画用树枝搭起、藤条编制的秋千。别小看它，这可是哈尼族女子展露不凡绝技的舞台呢。

《哈尼日记 2016 01 21》50cm×50cm

《哈尼日记 2016 01 21》50cm×50cm

布大（左二）来家喝酒，用哈尼语和汉语完整地唱哈尼族《祝酒歌》，气氛十分热烈。可惜，这段录像在霜冻时丢掉了，只留下了这一幅珍贵的照片。
半坡老寨 2016

2016年1月22日 半坡老寨

几天下来，我在定制“卡纸”上的实验不够理想，远没达到我要的效果。国画色弄得较脏，时间也不够充分，构图也不太讲究。

“茶王”离寨子较远，远近闻名，一拨一拨的游客慕名而来，可看上去，枯干上仅有几枝直立的新枝，我估计也产不了多少茶。

今天小雨，游客不多。巧的是，今天又遇见了北京的老杜夫妇，相谈甚欢。因其老伴是无锡人，所以，他们的老年生活在北京无锡之间“轮替”。

老杜夫妇还盛邀我们一定要去无锡玩，互留了联系电话。

天有些冷。

《哈尼日记 2016 01 22》 50cm × 50cm

2016年1月23日 半坡老寨

进寨以后，我一直想画寨门。虽我还不太了解寨门的内容，但看起来很讲究。问二弟，他也讲不清，我数了，大门上的长短横杆是九根，大门两侧立着的是用树干表示的男性与女性。

这几天，不仅寨子里的人对我们不陌生了，连从我们身边经过的周边寨子的人也都认识我们了。今天，一个自称来自多依寨的哈尼族小伙子就邀请我们去他们寨子画画，叫杉哺，说那寨子里最高的房子就是他家。看来，要去一去多依寨，区区3公里。

今天的试验，还有些收获。彩墨风景画，总要有彩有墨。

《哈尼日记 2016 01 23》 50cm × 50cm

《哈尼日记 2016 01 23》 50cm × 50cm

月色平静，远处是景洪的灯光。谁会料到，一场“百年不遇”的天灾正悄悄地逼近南糯山。 **半坡老寨** 2016

2016年1月24日 半坡老寨

“百年一遇”的霜冻突袭了南糯山，半坡老寨在寒冷的风雨中颤抖，大雾裹挟着冰霜死死地折磨着这座古老的山寨。

我心情有些复杂，既期盼看到这样的场景，又怜惜山寨的遭遇。

我要记录下来，记录下这惨无人道的肆虐，记录下风雨中半坡老寨的无奈。

我登上阳台，冒着寒风冷雨，画了三幅画，无声地记录了这场天灾的发生……

由于风大，电也停了。

《哈尼日记 2016 01 24》 50cm × 50cm

《哈尼日记 2016 01 24》 50cm × 50cm

《哈尼日记 2016 01 24》 50cm × 50cm

2016年1月25日 半坡老寨

霜冻继续，山寨寂静。大雾弥散，冷风袭袭。

我出不去了，只好将二弟家当作“模特”画速写。

《哈尼日记 2016 01 25》 33cm × 26cm

《哈尼日记 2016 01 25》 33cm × 26cm

《哈尼日记 2016 01 25》 33cm × 26cm

《哈尼日记 2016 01 25》33cm × 26cm

同小骏超玩转陀螺　2016

《哈尼日记 2016 01 25》33cm × 26cm

2016年1月26日 半坡老寨

半坡老寨哭了。细雨中，人们纷纷走出家门，大家惊奇地发现，树木花草早已凝固，统统变成了冰雕树挂。高大的树木毛竹被拦腰折断，满目疮痍……

消息不胫而走，网络的力量发挥到极致，连少言寡语的二弟也在微信朋友圈中惊叹，这场灾难“毁了山寨百年的风景”，还配发了图。

景洪城里的人也忙不迭地开车上山，不是来慰问，而是拍照留念，“百年不遇”嘛！山上山下，立场各不同。

明巴、小罗担心自己的茶林，要去西南山里看看，我和老伴也一同前往。一路艰辛，小罗手握大砍刀，披荆斩棘，我们在横倒的树干、竹干下，钻来钻去，遇到危险路段又要急速跑过，恐有大树折断，竹丛倾覆，好险哦！

今天的代价，我的牛仔裤破了，腿伤了，老伴腰疼病犯了……

晚上，南糯山村干部来了，召开了全寨大会。

会议开得很晚很晚。

《哈尼日记 2016 01 26》 33cm×26cm

烤鞋 烤脚 取暖 2016

深夜，山寨会议室里的大会还未结束 2016

2016年1月27日 半坡老寨

早晨天微亮，我趁早饭前的时间，带着相机，只身登上山寨最高处，准备记录一下山寨受灾后的部分场景。路上一个人没有，我不担心，因为半坡老寨民风极好，夜不闭户。

有的只是震撼……

入夜，寨委会开会决定，明天全体寨民不能出门，每户出个人，到龙巴头家聚餐，以示对灾难的哀悼。

《哈尼日记 2016 01 27》 33cm × 26cm

2016年1月28日 半坡老寨

灾难过去了，山寨恢复平静。看不出人们有何变化，依然如故。

大雾，阴冷潮湿。

每户派代表到龙巴头家聚餐，实际去了有六七十人。同时，全寨人停止外出劳作，以祈祷上苍灾害不要再降临，生活更安康。据说聚餐用的肉、菜等是由寨委会出资买的，大家齐动手，一起吃饭喝酒。龙巴头是寨主，世袭。

我抓紧时间，在寨门外拐弯处写生。

《哈尼日记 2016 01 28》 50cm × 50cm

《哈尼日记 2016 01 28》 50cm × 50cm

《哈尼日记 2016 01 28》
33cm×26cm

2016年1月29日 半坡老寨

寨委会决定，全寨动员，用三天时间重整家园，清障修路，收拾山林。

天晴了。早饭后，二弟随寨民上山去了。

好风景破坏了，大树折断了，毛竹成了光杆，我们开始画民居。

《哈尼日记 2016 01 29》50cm×50cm

《哈尼日记 2016 01 29》50cm×50cm

《哈尼日记 2016 01 29》33cm×26cm

2016年1月30日 半坡老寨

今天继续拖着疲腿画民居。

由于有钱了，各家相继盖起新房，大都是现代建材建筑，只保留一些民族屋舍的外形。

我画第一幅老宅时，老伴走进了这家。主人香兰很热情，人却很低调。回来说起，都说她家茶好价卖得好，很富足。

第二幅画完成后，我们又走进了上边这户人家，主人是位四十多岁的男子仙山，干了几年乡政府工作，前两三辞职回寨，操持茶林，活得有滋有味，可还是个单身。

《哈尼日记 2016 01 30》50cm×50cm

《哈尼日记 2016 01 30》50cm×50cm

《哈尼日记 2016 01 30》33cm×26cm

2016年1月31日 半坡老寨

和二弟聊天得知，他的几处茶林里，生长着大量有几百年树龄的古茶树，其中以与传说中的“茶王”最近的一株最为突出。我急切地想要一睹它的尊容，同时，我提议为他的几株有代表性的古茶树“造像”。

天又热起来了，身上的羽绒服穿不住了。

今天又有人家“上新房”了，看来又要热闹几天了。每每此时，全寨的男女老幼齐聚，祝贺的人络绎不绝。

Z女告诉二弟，要我们下到她的茶园“改善伙食”，老伴谢绝了，山上生活虽苦了些，可大家都如此，况且我们正忙，不想浪费时间。

《哈尼日记 2016 01 31》50cm×50cm

二弟家的门楼　2016

《哈尼日记 2016 01 31》33cm×26cm

《哈尼日记 2016 01 31》50cm×50cm

2016年2月1日 半坡老寨

早晨，二弟带我下到他山下的茶林，见识了第一株古茶树，果真不同凡响。画好速写回来时，名字已起好：横空出世。

上午从山上走了一条小路回山寨，发现布大家刚封顶的新房楼顶视野开阔，便打了招呼上了房顶。布大、龙华很快把苹果、梨子送上来，使我们非常感动。

《横空出世》 **卸甲山人**

《哈尼日记 2016 02 01》33cm×26cm

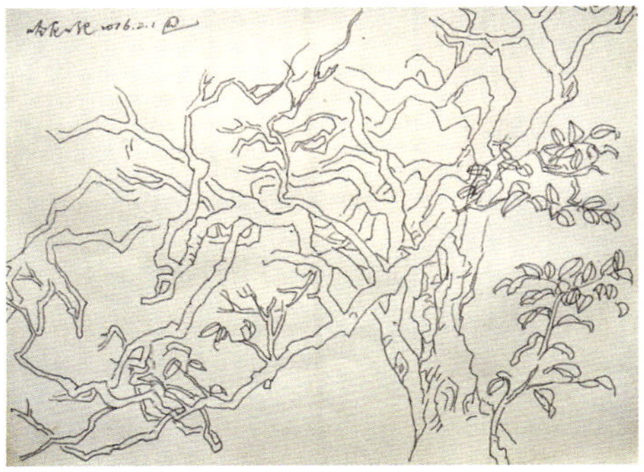

《哈尼日记 2016 02 01》33cm×26cm

《哈尼日记 2016 02 01》50cm×50cm

2016年2月2日 半坡老寨

早饭后，二弟带我们去北边的茶林，绕过几个山梁，一片青翠的茶林出现在眼前。茶山很陡，但不很危险，地面松软且有厚厚的落叶，旁边还有株株茶树相衬，只是天气热些。

他选的这株古茶树，正面看如搏击长空的雄鹰，后面看却又如仙女般婀娜。

古茶树的主人张二 **半坡老寨** 2016

《哈尼日记 2016 02 02》33cm×26cm

《哈尼日记 2016 02 02》33cm×26cm

呵，硕大的木瓜　2016

《哈尼日记 2016 02 02》33cm×26cm

《哈尼日记 2016 02 02》33cm×26cm

一种能做黑色染料的植物　2016

《哈尼日记 2016 02 02》33cm×26cm

《哈尼日记 2016 02 02》33cm×26cm

2016年2月3日 半坡老寨

今天早饭后，二弟要带我们去霜冻那天去过的那处茶林，见天气甚好，赶在早饭前画两张速写。

清晨，见一弯明月仍挂在头顶，恰有几株打掉叶子的毛竹在旁，“月上竹梢头”，好，就是它。又见龙巴头家现代建筑与古民居结合得精妙，一条小路蜿蜒而上，当然不放过。

今天去的这片茶林，风景不错。为茶树照相、为二弟与茶树照相、画茶树速写，轮番上阵。二弟因家中盖房，早早返回。

我们沿着山中小路向远方那座山寨走去，到了才知道，那是丫口寨。再转去几里山路，到了多依寨，远处还有石头寨、姑娘寨。

从多依寨再返回半坡老寨时，我们已饥肠辘辘了。见天色尚早，想去早已认识但一直没去拜访的香过家看看。坐定，接过香过的女儿冬梅递上的刚冲好的热茶，走了二十多里山路的疲惫倦怠顿时一扫而光，谈笑甚欢。原来这些天，冬梅与男朋友都与我们早已相识，只是没有完成“组装”罢了……

冬梅请父亲香过挽留我们在家吃顿晚饭，当然，“盛情难却”了。

《哈尼日记 2016 02 03》33cm×26cm

《哈尼日记 2016 02 03》33cm×26cm

张二与“茶后”　2016

《哈尼日记 2016 02 03》 33cm × 26cm

《茶后》 卸甲山人 2016

《哈尼日记 2016 02 03》 33cm × 26cm

《天女散花》 卸甲山人

《哈尼日记 2016 02 03》 33cm × 26cm

香过的茶室　2016

冬梅　2016

晚餐极为丰富　2016

2016年2月4日 半坡老寨

今日下雨，只能在家加工多日积累下来的速写。为线描上色，会更有内容。

二弟家盖新房的工程只有停工，从昭通来的装修工一家三口这些天来饱受煎熬。

二弟因是木匠世家，在山寨内外颇有名气。这些日子，为赶在摘春茶前建好新厨房、搭建晒茶棚及炒茶灶而奔忙。为布大新房上阁楼的帮工正在紧张施工，几日后将转来二弟家搭建阁楼。二弟家眼下用的旧厨房作为新阁楼的料源将被拆除，木板及屋瓦都将用在新阁楼上。

2016年2月5日 半坡老寨

连日大雾夹杂着小雨，湿气很重。我们住在一楼的客房内也感到不适。

今天，在二弟的茶室，为他的几株古茶树“造像”。其中，《茶后》的题款是：“此古茶树位于半坡老寨张氏茶林中，距坡下‘茶王’仅约二百米，八个粗壮主干相拥，枝叶繁茂，高贵典雅，似子孙绕膝，此乃茶后也。”据二弟讲，这株古茶树已连续几年炒制4公斤多生茶，每公斤茶卖到2500元以上，称“茶后”丝毫不为过。另四幅画像分别是《横空出世》《天女散花》《金蛇狂舞》《雄鹰展翅》。

从昭通来的装修工一家三口　2016

《金蛇狂舞》卸甲山人

《茶后》卸甲山人

2016年2月6日 半坡老寨

小雨淅淅沥沥，大雾笼罩在山寨头上。

饭后，带了速写本和笔墨，准备去布大家，为布大的儿子龙华画像，可巧，他与朋友正要驱车去石头寨参加老师的婚宴。我们便改变计划，搭车一同前往石头寨。

在返回半坡老寨途中，我们又搭上龙华的车到了姑娘寨，几个小时后我们抄小路回到半坡老寨。

雨中的山寨风景别有味道，我喜欢。

《哈尼日记 2016 02 06》33cm×26cm

《哈尼日记 2016 02 06》33cm×26cm

《哈尼日记 2016 02 06》33cm×26cm

2016年2月7日 半坡老寨

天，阴冷潮湿。山寨仅有的几处古民居我都画过了，罗三的这栋屋舍吸引了我们。到了思普茶业试验场遗址时，太阳出来了，暖和了许多。

去香过家打了招呼，明天到他家楼上画山寨“长卷”。

老伴玩手机，无意发现，不知何时，Z女、M女她们已将与老伴的“好友微信”删除。会有如此动作，真令我吃惊。

《哈尼日记 2016 02 07》33cm×26cm

《哈尼日记 2016 02 07》50cm×50cm

《哈尼日记 2016 02 07》50cm×50cm

2016年2月8日 半坡老寨

一早，我们来到香过家。儿女们都各自下山过春节去了，家中只留下香过两口子。天晴朗，风却很大。

昨晚，二弟又端出高度的石斛玉米酒，与我们畅饮。

席间，担心二弟因我们迟迟不愿下到Z女的茶园过春节，会引起他的误会，我们将来到西双版纳后的遭遇和盘托出。二弟听后很惊讶：“我都为我姐（Z女）感到难过”“不要说对老师，就是对一般人也不能这样”。

《哈尼日记 2016 02 08》33cm×26cm

《哈尼日记 2016 02 08》（局部）46cm×256cm

2016年2月9日 半坡老寨

进寨以来，我们一直想从山寨东面下去看看。

今天我们去试了一试，没想到这一下山，竟绕着山走了三四十里山路。风景是走出来的，一点儿也不假。我们用双脚，丈量了半坡老寨周边的风景。我们到了竹林寨、尔滇寨、半坡新寨、姑娘寨、新石头寨，最后回到了半坡老寨。

累垮了。

《哈尼日记 2016 02 09》33cm×26cm

《哈尼日记 2016 02 09》33cm×26cm

2016年2月10日 半坡老寨

早饭时，与明巴、小罗无意中提及今天想去对面山寨看看，他们极力劝阻，走不到的。最后竟同意带我们去勐海转转。

我们来到勐混，到傣族人家做客。

小罗还带我们到了他们在勐海县城里的家，这里离小骏超的小学很近，二弟要来陪读。

返回时，在超市给二妹带回些苹果、橘子及香肠。

晚上，应小罗之请为其写了几幅字。

傣族新朋友岩光（中）

傣族新朋友岩叫（左）

岩光、岩叫的岳母（左）

傣井（吃水不忘打井人） 2016

杉哺的茶室 2016

2016年2月11日 半坡老寨

离2月16日下山没几日了，我们想去多依寨再画画，顺便与杉哺、梭杜告别。

在多依寨同杉哺、梭杜喝茶，又认识了几个来此的内地茶商。

午餐也很丰盛。

梭杜的茶室　2016

《哈尼日记 2016 02 11》33cm×26cm

《哈尼日记 2016 02 11》33cm×26cm

2016年2月12日 半坡老寨到景洪

昨晚得知，二弟家决定从今日起，拆除老厨房，用老木料及房瓦搭建新房阁楼，会有几个帮工来干活。我们想，不能帮二弟干活，也不能给他添乱。早晨决定，一早就下山回景洪。老伴早上八点给景洪的朋友打电话时，他正睡着，他答应马上起床上山接我们。在景洪的北京朋友则回复得更干脆，“住酒店太贵，别客气，就住家里”。

早饭时，我们将马上就要下山的决定告诉了二弟，并将600元钱塞到二妹手里，“这是伙食补贴，请收下”。饭后，大家在即将消失的厨房平台上合影。二弟捧来一匝2014年自产的“七子茶”，二妹将一束哈尼族饰物挂在老伴胸前，我走到小骏超旁举起手臂，让他再玩一次“吊坠”……

老伴提醒，你何不趁等车的时间，去画寨里那株芋头，不留遗憾。我一路小跑，将计划中的这丛芋头画在速写本的“尾声”。

九点多，景洪朋友的车来了。我们望着二弟满含愧疚不舍的眼神，深情地告别了二弟一家，告别了生活了近一个月的半坡老寨，回到了景洪，住进了1月20日我们在山坡上画画时初识的北京朋友的家中。

就此，《西双版纳哈尼日记》戛然而止。

二妹送给老伴的哈尼族小配饰
2016

注：写生笔记《西双版纳哈尼日记》一文，已于2016年3月4日至3月9日在卸甲山人王兴来新浪博客上发表，本书原文转载。

我们与房东一家告别（小骏超难过地故意躲开） 2016

《哈尼日记 2016 02 12》33cm×26cm

故乡的山林（彩墨风景画） 2015

威尼斯-1（彩墨风景画） 2016

威尼斯-2（彩墨风景画） 2016

威尼斯-3（彩墨风景画） 2016

冬日的西风（彩墨风景画） 2015

十月胡杨（彩墨风景画） 2017

眼睑后面的风景·湖心岛系列–1（现代彩墨画） 2021

眼睑后面的风景·湖心岛系列–2局部（现代彩墨画） 2021

眼睑后面的风景·湖心岛系列–3（现代彩墨画） 2021

手机看久了总感到头晕目眩。一次用双手拇指关节按揉“睛明穴”时，酸痛过后突然感到一阵近似梦幻的眩晕，犹如“放电”般火花飞舞、金星四溅，接着就是无尽的绚烂画面波涛汹涌似的扑面而来。

漫天的汉字被拆分，或大或小、或聚或散，如黄蜂一样急速翻滚旋转而又转瞬即逝，它们似乎被一种无形的力量驱使，瞬息又奔向缥缈的远方……

我被这突如其来的幻觉深深地吸引。

或许是眼压突然被释放，我的头脑顿时清醒了许多。神奇的是，接下来呈现的是一幅幅飞舞的美轮美奂的风景，目不暇接……

经过数次实验，我似乎找到了“我的”现代绘画语汇及情感归宿，并将其命名为《眼睑后面的风景》。

纵观世间万物，浮华其表终逃脱不掉腐朽的末日，绚烂至极即是衰落的起始，灰飞烟灭只在转瞬，《眼睑后面的风景》即如此。

我偶尔发现的“风景”，应该不会是所有人都能看得到的。

我认定这里的“风景”，应该是过往的“风景”，亦只能是属于我自己的风景。

眼睑后面的风景·湖心岛系列–4局部（现代彩墨画） 2021

本书插图：王兴来